문지스펙트럼

외국 문학선

2-010

Sarrasine

Honoré de Balzac

사라진느

오노레 드 발자크

이철 옮김

문학과지성사

외국 문학선 기획위원 김주연·권오룡·성민엽

문지스펙트럼 2-010

사라진느

초판 1쇄 발행 1997년 11월 5일
초판 9쇄 발행 2017년 6월 30일

지은이 오노레 드 발자크
옮긴이 이철
펴낸이 우찬제 이광호
펴낸곳 ㈜문학과지성사
등록번호 제1993-000098호
주소 04034 서울 마포구 잔다리로7길 18(서교동 377-20)
전화 02)338-7224
팩스 02)323-4180(편집) 02)338-7221(영업)
전자우편 moonji@moonji.com
홈페이지 www.moonji.com

ISBN 89-320-0959-2
ISBN 89-320-0851-5(세트)

사라진느

기획의 말

펜과 잉크의 도형수를 자처한 발자크는 문학적 창조의 작업에 그의 일생을 고스란히 바친 작가이다. 그는 30여 년 동안 90여 편에 이르는 소설, 30여 편의 콩트, 그리고 여러 희곡 작품을 쉬지 않고 써나갔다. 그 고된 작업의 결과가 『인간 희극』과 기타 작품집들이다. 발자크는 자기 시대의 대벽화를 그리기 위해 풍속의 역사를 쓴다. 그러나 그는 사실에만 매달리는 역사가들보다는 더 멀리 나아가, 사실을 만들어낸 원인, 다시 말해 인간 심정의 신비를 그린다. 아울러 그는 정념이야말로 인생과 사회의 동인이자, 그 파괴적 요인임을 보여주고, 제반 사회적 관계들에 대한 이론적인 설명을 전개시킨다.

발자크의 시대까지도 소설은 부도덕한 내용, 퇴폐적인 사랑의 이야기만 늘어놓는 하급 장르로 분류되고 있었고, 그래서 소설 작품을 비판하려면 그 도덕성을 먼저 거론하고 나왔다. 소설이 그 부끄러운 과거를 떨쳐버릴 수 있으려면 조금

더 시간이 필요했다. 발자크는 청년기에 접어든 때부터 여러
장르를 통해 오랫동안 수련을 해가다가, 서른 살이 되던 해
에 「결혼 생리학」을 가명으로 발표함으로써 첫번째 문학적
성공을 거두었다. 그러나 그때부터 그는 작품의 내용이나 작
중인물의 행동이 부도덕하다는 비난을 끊임없이 받게 되었
다. 그러한 비판은 문학 시평가들에 의해서만 행해졌던 것이
아니고, 그와 정치적 견해를 달리하는 정적이나 경쟁 신문사
에 의해서도 행해졌다. 도덕성의 문제는 발자크가 두고두고
해결해야 할 과제였다. 그는 인간 감정의 타락상, 사회적 병
리 현상 등을 포함하여, "사회 전체를 있는 그대로" 묘사하
는 것뿐이라고 응수하였다. 발자크가 리얼리스트인가 아니
면 상상력의 작가인가 하는 문제에 대해서는 아직도 여러 가
지 논란이 있지만, 우리의 생각으로는 어느 한쪽을 지나치게
강조하는 것보다는 절충형의 답을 마련하는 것이 더 낫지 않
을까 생각한다. 인간과 사회 현실의 전체성을 허구의 작품
안에 재현한 작가로 발자크를 본다면 무난하지 않을까 생각
한다.

　우리는 발자크 작품의 효과적인 독서 방법 몇 가지를 생각
해볼 수 있는데, 그 첫번째는 모든 텍스트들을 그 생산 연대
순서에 따라 읽는 방법이고, 두번째는 작중인물의 생애를 중
심으로 하여 이야기의 내용을 따라 읽는 방법이며, 세번째는
작가 자신이 분류한 『인간 희극』 체계의 배열 순서에 따라

읽는 방법이다. 하지만 이런 독서의 방법들은 발자크의 방대한 작품의 숲을 통과하는 선택적 절차에 불과하므로, 그것들은 결국에는 상호 보완적인 방식으로 종합되어야 한다. 또한 발자크에 있어서는 어느 한 텍스트의 독서는 반드시 또 다른 텍스트의 독서를 요구한다. 작중인물들이 이 작품, 저 작품에 반복해서 등장하기 때문이다. 발자크의 작품을 읽을 때는 여러 텍스트들간의 상호 작용을 늘 염두에 두어야 하는 것이다.

1999년은 발자크 탄생 200주년이 되는 해이다. 그래서 여러 종류의 학술 행사가 많이 준비되고 있으며, 그 진가가 아직 드러나지 않고 있는 작품들에 대한 연구도 활발하게 진행되고 있다. 한편, 발자크 작품에 대한 최근의 연구 경향 중에서는 무엇보다 발자크의 소설 시학에 대한 일련의 연구를 꼽을 수 있다.

여기에 번역하여 소개하는 세 작품 「사라진느」 「미지의 걸작」 「추방된 사람들」은 모두 발자크 창작 활동의 전성기인 1831년에 씌어진 작품들이다. 회화 · 조각 · 신학이 주제인 이 작품들에서 우리는 발자크 예술 창조의 비밀과 신비주의 사상을 살펴볼 수 있을 것이다. 번역 대본으로는 갈리마르 출판사의 신판 플레이아드 전집을 사용하였다.

1997년 10월
기획위원

차례

사라진느

 나는 더할 수 없이 소란스러운 축제 속에서도, 경박한 사람까지 포함해서 모든 사람을 사로잡는 그런 공상에 잠겨 있었다. 엘리제 부르봉 궁의 시계가 막 자정을 치고 난 뒤였다. 나는 창틀 벽구멍에 앉아 물결 무늬 천 커튼의 일렁이는 주름 속에 숨어서, 내가 야회를 즐긴 그 저택의 정원을 편안하게 주시할 수 있었다. 달빛을 받아 희끄무레하게 구름 낀 하늘의 잿빛 바탕으로부터 눈에 완전히 덮이지는 않은 나무들이 희미하게 드러나고 있었다. 그런 환상적인 분위기 속에서 보인 그 나무들은, 저 유명한 「죽은 자들의 춤」이라는 거대한 그림에 나오는 수의에 잘못 싸인 유령들을 어렴풋이 닮아 있었다. 그리고 다른 한쪽으로 몸을 돌리면 나는 산 자들의 춤[1]을 볼 수 있었고, 그리고 금은빛 칸막이 벽이 있으며, 반

---

1) 무도회의 주제는 시 · 소설을 막론하고 낭만주의 문학에 끊임없이 나온다. 이 주제는 대조법에 의하여 죽음이나 빈곤의 이미지와 자주 결합된다.

짝거리는 촛대에서 촛불이 빛나고 있는 호화로운 살롱을 감
탄하며 바라볼 수 있었다. 그곳에서는 파리에서 가장 예쁘
고, 가장 부유하고, 제일 작위가 높고, 멋지고, 화려하고, 다
이아몬드로 눈부시게 하고! 얼굴과 가슴과 머리에 꽃을 달
고, 드레스에 꽃을 뿌린, 아니면 발에 꽃장식을 단 여자들이
북적거리며 흔들리고 있었고, 훨훨 날아다니고 있었다. 그
여자들이 가볍게 전율하며 육감적인 스텝을 밟을 때마다 그
들의 우아한 허리에서는 레이스며, 비단 레이스, 모슬린 천
이 회전하고 있었다. 무척 강렬한 몇몇의 시선이 이곳저곳을
관통하며 불빛과 다이아몬드의 반짝임을 압도하였고, 또한
너무도 뜨거운 가슴들을 여전히 고무시키고 있었다. 연인들
에게서는 의미심장한 표정의 분위기가, 그리고 남편들에게
서는 부정적인 태도가 엿보이기도 했다. 뜻밖의 수가 나올
때마다 터져나오는 노름꾼들의 시끄러운 소리며 금화의 울
림이 음악이나 웅얼거리는 대화 소리와 섞이고 있었다. 도취
된 그 군중을 사교계가 제공할 수 있는 온갖 유혹으로 현기
증나게 하려는 듯 향수의 향기와 전체적인 취기가 열중하고
있는 상상력의 소유자들에게 파급되고 있었다. 나의 오른쪽
에는 그와 같이 어둡고 조용한 죽음의 이미지가 있었으며,
왼쪽에서는 품위 있고 생명력 넘치는 바쿠스제가 열리고 있
었다. 여기에는 차갑고 음침하고 슬픔 속에 잠긴 자연이, 저
기에는 환희에 찬 사람들이 있었다. 다양한 방식으로 수없이

반복되어 파리를 세계에서 가장 즐겁고 가장 철학적인 도시로 만드는 바의, 무척이나 어울리지 않는 그 두 광경의 경계에 있던 나는 반은 유쾌하고 반은 음산한 정신적 혼합물을 만들어내고 있었다. 나는 왼발로 노래 박자를 맞추면서도, 다른 발은 관 속에 들어 있다고 생각했다. 무도회에서 꽤 자주 일어나는 일이기는 하지만, 몸의 반은 살롱의 축축한 열기를 느끼고 있는 동안 나머지 반을 동결시키는 그런 외풍 때문에 나의 한쪽 발은 결국 얼어붙었다.

"랑티 씨가 이 저택을 소유한 것이 그리 오래되지는 않았죠?"

"그럼요. 카리글리아노 원수가 그에게 판 지 이제 곧 십 년이 되니까……"

"그렇군요!"

"그 사람들은 재산이 엄청나겠지요?"

"물론 그렇겠지요."

"멋진 축제로군요! 호사가 대단해요."

"그들이 뉘생장 씨나 공드르빌 씨만큼 부자라고 생각하세요?"

"그럼 모르고 계신가요?……"

나는 머리를 내밀어 그 두 사람의 대화자가 누군지 알아보았다. 파리에서 오로지 '왜?' '어떻게?' '그는 어디 출신인가?' '그들은 누구인가?' '무슨 일인가?' '그녀가 무슨 일

을 했지?' 등의 물음에만 관심을 갖는 그런 부류의 호기심
많은 족속에 속하기 위해서였다. 그들은 목소리를 낮춰 말을
하기 시작하더니, 사람들을 피해 외떨어진 소파로 가서 보다
편히 앉아 이야기를 나누고자 했다. 비밀 탐구자들에게는 그
보다 더 풍부한 보물 창고가 열린 적은 결코 없었다. 랑티 가
문이 어떤 나라에서 왔는지, 어떤 장사를 했는지, 어떤 약탈
을 했는지, 어떤 해적질을 했는지, 혹은 수백만 프랑[2]으로
추산되는 재산이 어떤 유산에서 나온 것인지 아는 사람은 아
무도 없었다. 그 가문 사람들 모두 이탈리아어·프랑스어·
스페인어·영어·독일어를 무척 완벽하게 구사했기 때문에,
그들은 상이한 그 여러 민족들과 더불어 오랫동안 살았을 것
이라고 짐작되었다. 그들은 보헤미안이었을까? 도적떼였을
까?

"아무리 보아도 그들의 접대는 참 대단해." 젊은 정치가들
이 말했다.

"랑티 백작이 그 어떤 카조바 궁을 강탈했다고 하더라도,
난 그의 딸과 결혼하겠어!" 어떤 철학자가 소리쳤다.

동방 시인들이 구상한 전설적인 아름다움을 지니고 있는
열여섯 살의 처녀 마리아니나와 결혼하지 않을 사람이 누가
있겠는가! 그녀는 「요술 램프」 이야기에 나오는 술탄의 딸처

---

2) 1830년경의 백만 프랑은 오늘날의 화폐 가치로 환산하면 최소한 천만
   프랑에 해당한다.

럼 베일에 가려 있어야 했었을 것이다. 그녀의 노래는 말리
브랑, 손타그, 포도르 부인[3] 같은 여자들의 불완전한 재능을
퇴색하게 만들었다. 그런 여자들은 어떤 특출한 능력 한 가
지만을 가지고 있었지 전체적인 완벽성은 지니고 있지 못했
다. 그 반면에 마리아니나는 음의 순수성, 감수성, 템포와 음
정의 정확성, 혼과 기술, 정확성과 감정을 똑같은 정도로 결
합시킬 줄 알았다. 그녀는 모든 예술의 공통점인 은밀한 시
정(詩情)의 전형이었다. 그걸 추구하는 사람들에게는 언제나
포착되지 않는 시정. 그녀의 어머니가 아니라면 그 누구도
그처럼 부드럽고 겸손하며, 유식하고 재치 있는 마리아니나
를 능가할 수가 없었다.

여러분은 그 전율적인 미모가 나이의 침해를 견디어내고,
또한 서른여섯에도 십오 년 전보다 더 매력 있어 보이는 그
런 여자들을 일찍이 만나본 적이 있는가? 그런 여자들의 얼
굴은 정열적인 감정을 담고 있어서 빛이 난다. 그런 얼굴에
서는 짓는 표정마다 지성의 빛이 나오고, 모공 하나하나가
불빛 아래서 특히 유난스런 광채를 낸다. 그들의 유혹적인
눈은 끌어당겼다가는 거부하고, 말을 했다가는 침묵한다. 그

---

3) 말리브랑 부인은 특히 격렬함, 극적인 감정, 대담성, 그리고 큰 목소
   리 때문에 유명했고, 그리고 손타그 부인은 그녀의 매력, 울려퍼지는
   순수한 목소리, 완벽한 세부 등으로, 또한 포도르 부인은 격정, 취향,
   우아함, 발성법의 자연스러움 등으로 유명했다.

들의 걸음걸이는 천진난만하게 숙련되어 있고, 목소리는 더 할 나위 없이 요염하고 부드럽고 정다운 어조로 풍요로운 선율을 펼쳐낸다. 비교에 의거한 그들의 찬사는 가장 예민한 자존심도 어루만져준다. 그들의 눈썹 움직임 하나, 가장 작은 눈놀림 하나, 찌푸려지는 입술 모양 하나도 그들에게 자신의 생명과 행복이 종속되어 있다고 느끼는 사람들에게는 일종의 공포가 된다. 사랑의 경험이 없고, 말에 순종하는 소녀라면 거기에 유혹될 수 있다. 그러나 그런 부류의 여자들에게 남자는 소리지르지 않을 줄 알아야 한다. 마치 조쿠르 씨가 작은 방으로 몸을 숨기려다 하녀 때문에 손가락 두 개가 문 경첩에 끼여 끊어졌을 때 소리지르지 않았듯이 말이다. 그런 강력한 요정들을 사랑한다는 것은 자신의 생명을 거는 것이 아닌가? 그리고 우리는 바로 그런 이유 때문에 그런 여자들을 그토록 정열적으로 사랑하는 것이다! 그런 사람이 바로 랑티 백작부인이었다.

마리아니나의 동생인 필립포는 그의 누나처럼 백작부인의 놀랄 만한 미모를 닮고 있었다. 한마디로 그 청년은 조금 더 가는 몸매를 지니기는 했지만 살아 있는 안티노우스[4]의 모습이었다. 그러나 거무죽죽한 안색, 기운차 보이는 눈썹, 부

---

4) 안티노우스는 로마 제국의 푸블리우스 아에리우스 아드리아누스 황제 (117~138)의 총애를 받은 그리스 청년으로, 여자 같은 미모를 지니고 있었다. 가장 유명한 그의 조각상들은 로마에 있다.

드러운 눈의 반짝임으로 장차 남성다운 정열과 관대한 생각을 지닐 것으로 보일 때는, 그런 식의 마르고 우아한 몸의 균형은 젊음과 얼마나 잘 어울리는가! 필립포가 모든 처녀들의 마음속에 하나의 전형으로 남아 있었다면, 모든 어머니들의 기억 속에는 프랑스에서 가장 좋은 결혼 상대이기도 했다.

그 두 아이들의 미모·재산·재치·기품은 오직 어머니로부터 비롯된 것이었다. 랑티 백작은 키가 작고 못생기고 얽은 얼굴이었으며, 스페인 사람처럼 침울하고, 은행가처럼 따분한 사람이었다. 게다가 그는 조예가 깊은 정치가로 통했는데, 아마도 그 까닭은 그가 웃는 일이 드물고 메테르니히나 웰링턴을 항상 인용하기 때문이었다.

비밀에 싸인 그 가족은 바이런 경의 시가 주는 매력을 모두 지니고 있었는데, 그 난해함은 사교계의 사람들 각자에 의해 상이한 방식으로 해석되었다. 그것은 절마다 난삽하고 숭고한 노래였다. 랑티 씨 부부가 그들의 출신, 과거의 생활, 온 세상 사람들과의 관계 등에 대해 드러내지 않는 신중한 태도는 오래지 않아 파리에서 놀라운 화젯거리가 되었다. 아마 그 어떤 나라에서도 베스파시아누스의 공리[5]가 그보다 더 잘 이해되지는 않을 것이다. 파리에서는 피나 진흙이 묻

---

5) 티투스 플라비우스 베스파시아누스는 69년에서 79년까지 로마 황제였다. 여기에서 말하는 그의 공리는 "돈에는 귀천이 없다"라는 것이다.

은 돈조차 아무것도 폭로하지 않으며, 모든 것을 대표하기까지 한다. 상류 사회가 여러분의 재산 총액을 알기만 한다면 여러분은 자신과 상관없는 금액으로 분류되며, 여러분에게 문서를 보자고 요구하는 사람은 아무도 없다. 왜냐하면 그런 문서가 얼마나 대수롭지 않은지 모든 사람이 알고 있기 때문이다. 사회 문제가 대수 방정식에 의해 풀리는 도시에서 모험가들은 그들에게 유리한 좋은 기회를 얻는다. 랑티 가족이 보헤미안 출신이라고 가정한다 하더라도, 그들은 너무도 부자이고 매력적이었기 때문에 상류 사회는 그들의 사소한 비밀쯤은 용납해줄 수도 있었다. 그러나 불행히도 그 집안의 수수께끼 같은 이야기는 앤 래드클리프 소설의 경우와 무척 유사하게 끊임없는 호기심을 불러일으켰다.

여러분이 어느 가게에서 촛대를 샀는지 알고자 하거나, 여러분의 집이 멋있어 보일 때 여러분에게 집세를 물어보는 그런 부류의 사람들인 관찰자들은 축제나 음악회, 무도회나 백작부인이 주최한 연회에서 이따금 한 낯선 인물의 출현에 주목했었다. 어떤 남자였다. 그는 어떤 음악회 도중에 그 저택에 처음으로 나타났다. 그는 마리아니나의 매혹적인 목소리에 이끌려서 그 살롱 쪽으로 온 것 같았다.

"조금 전부터 추워요." 문 가까이에 앉은 어떤 부인이 옆의 여자에게 말했다.

그 여자 곁에 있던 미지인은 가버렸다.

"참 이상하네요! 이젠 더워요." 이방인이 가고 난 다음 그 여자가 말했다. "부인께선 아마도 내가 터무니없는 소리를 한다고 비난하실지 모르지만, 나는 내 곁에 있다가 조금 전에 가버린 그 검은 옷을 입은 남자가 나를 춥게 만들었다고 생각하지 않을 수 없어요."

그 신비한 인물에 대한 더할 수 없이 재미있는 생각들, 더할 수 없이 야릇한 표현들, 더할 수 없이 우스운 이야기들이 상류 사회인들에게 흔한 자연스러운 과장에 의해 생겨나 이내 쌓여만 갔다. 정확히 말해 흡혈귀·마귀·인조 인간, 일종의 파우스트나 숲속의 로빈 후드는 아니었지만, 환상적인 것을 좋아하는 사람들의 말에 따르면 그는 인간의 모습을 하고는 있어도 그런 모든 본성들을 지니고 있었다. 파리식 비방에서 생겨난 그런 약삭빠른 농담들을 진짜로 여기는 독일인들이 여기저기 있었다. 그 이방인은 한낱 노인일 뿐이었다. 매일 아침 근사한 몇 문장으로 유럽의 장래를 결정하는 습관이 든 그런 몇몇 청년들은 그 미지인이 막대한 재산을 소유한 어떤 큰 범죄자라고 생각했다. 소설가들은 그 노인의 생애를 이야기했고, 그가 마이소르의 왕자[6]를 위하여 봉사

______

6) 마이소르는 오늘날 카르나타카로 불리는 인도 남부의 한 지방이다. 여기에서의 왕자는 하이데르 알리(1782년에 사망)이거나, 그의 아들로서 영국인들에게 끈질기게 대항했던 팁푸 사히브(1749~1799)일 것이라고 추정된다.

하던 동안 저지른 만행에 대해 진짜 기묘한 이야기들을 만들어냈다. 보다 긍정적인 사람들인 은행가들은 그럴듯한 이야기를 꾸며냈다.

"체! 저 땅딸보 영감은 제노바 사람의 전형이로군요." 그들은 딱하다는 듯 넓은 어깨를 으쓱이며 말했다.

"실례가 되지 않는다면 제노바 사람의 전형이란 게 무슨 뜻인지 설명을 좀 해주시겠습니까?"

"그건 자신의 목숨에 엄청난 재산을 걸고 있고, 자신의 건강에 가족의 수입을 걸고 있는 그런 사람이란 말이죠."

소중하게 감추어져왔던 그 노인이 저 유명한 발사모, 일명 카글리오스트로[7]라고 하는 사실을 어떤 최면술사가 무척 그럴듯한 역사적 고찰에 의해 증명하는 것을 나는 데스파르 부인 집에서 들었던 기억이 난다. 그 현대판 연금술사에 의하면 시칠리아의 모험가는 죽음을 모면한 후 손자들을 위하여 재산 모으는 것을 즐거워했다. 끝으로 페레트 대법관[8]은 그

---

7) 이탈리아인 모험가인 발사모 백작(1743~1795)은 유럽을 편력했고, 무면허 치료사로서의 뛰어난 재주와 신비주의 학문의 실천에 의해 파리에서 큰 성공을 거두었다. 그는 프랑스 대혁명 직전 일어난 콜리에 사건에 로앙 추기경과 함께 연루되었다가 1786년에 추방당했다. 1791년 이탈리아에서 프리메이슨 단원이라는 것 때문에 사형 선고를 받았지만 그 후 감형되어 종신형을 살았다.

8) 몰타 교단의 수도원장인 페레트 대법관은 오랫동안 바덴 대공의 파리 주재 무급 대사였다. 이른바 그 생제르맹 백작은 1784년에 사망하였

이상한 인물이 생제르맹 남작임에 분명하다고 주장했다. 오늘날 신앙 없는 사회의 특징이 되고 있는 재치 있는 어조, 조롱적인 태도로 사람들이 털어놓은 그런 어리석은 말들에는, 랑티 가문에 대한 막연한 의혹이 담겨 있었다. 요컨대 이상한 사정이 겹치게 되어 그 집안 사람들은 세간의 추측을 정당화시켰다. 그 생애가 어떤 식으로든 모든 조사에서 벗어나 있는 그 노인에게 꽤나 비밀스런 태도를 취함으로써 그러했다.

그 인물은 랑티 저택에서 그가 차지하고 있다고 여겨지는 방의 문턱을 넘어서곤 하였으며, 그의 출현은 언제나 그 가족에게 큰 센세이션을 불러일으켰다. 대단히 중요한 사건이라고 할 만했다. 필립포, 마리아니나, 랑티 부인, 그리고 늙은 하인 한 사람만이 특별히 미지인을 걷고, 일어나고, 앉게 도와줄 수 있었다. 각자가 그 사람의 사소한 동작까지 감시했다. 그는 모든 사람의 행복, 목숨 혹은 재산을 쥐고 있는 마법의 인물인 듯했다. 그것은 두려움이었을까, 아니면 애정이었을까? 사교계 사람들은 그 문제를 풀 수 있게 해줄 어떤 결론도 찾아낼 수 없었다. 그 수호 정령은 여러 달 동안을 온통 미지의 성소에 숨어 있다가 남몰래 하듯 예기치 않게 거기에서 갑자기 나와, 마치 옛날의 요정들이 초대받지 않은

___

고, 불로장생약의 비밀을 알고 있다고 주장했으며, 나이는 수백 살이었다.

제전을 방해하러 오기 위해 그들의 비룡에서 내려오듯 살롱이 한참 열리고 있던 중에 나타났다. 그럴 때면 가장 능숙한 관찰자들만이 집주인들의 불안을 알아차릴 수 있었다. 그들은 무척이나 솜씨 좋게 그들의 감정을 숨길 줄 알았던 것이다. 그러나 너무도 순진한 마리아니나는 카드릴 춤을 추다가도, 그녀가 여러 무리의 사람들 가운데에서 감시하고 있던 노인에게 가끔씩 공포에 질린 시선을 던졌다. 그렇지 않으면 필립포가 사람들 사이로 슬그머니 돌진하여서는 노인과 합류하여, 마치 사람들의 접촉이나 한 줄기 숨결이 그 기이한 인물을 깨뜨려버리기라도 할 것처럼 정답고도 주의 깊게 그의 곁에 머물러 있었다. 백작부인은 그와 합류할 의도가 없는 것처럼 하면서 그에게 접근하려고 애썼다. 그리고 나서 그녀는 복종과 애정, 순응과 횡포가 다 함께 서린 태도와 표정을 취하면서 두세 마디의 말을 노인에게 했고, 그러면 노인은 거의 언제나 그 말에 따랐으며, 그녀에게 인도되어, 혹은 좀더 정확하게 말하자면 그녀에게 붙들려 사라졌다. 부인이 없을 때면 랑티 백작은 그에게 가기 위해 수많은 술책을 사용했다. 그러나 그는 자기의 말이 잘 먹혀들지 않는다는 태도를 취하면서, 마치 어머니가 그 변덕을 들어주며 고집을 걱정하는 응석동이처럼 노인을 취급했다. 조심성이 없는 어떤 사람들은 랑티 백작에게 감히 경솔한 질문을 던지기도 했지만, 냉정하고 신중한 그 사람은 호기심 있는 사람들의 물음을 전혀 이해하지 못한 척하였다. 그래서 많은 시도들을 해보았지만 그 가족 구성원 모두의 조심성 때문에 무산되어 버린 후에는, 그토록 잘 유지되어온 비밀을 알아내려고 애쓰는 사람은 아무도 없었다. 품위 있는 스파이들, 고지식한 사람들, 정치가들은 결국에는 지쳐서 마침내 그 비밀에 더 이상 관심을 갖지 않게 되었다.

그러나 그때 그 반짝이는 살롱의 한복판에는 아마도 철학자들이 있었는데, 그들은 아이스크림이나 소르베를 들면서, 혹은 까치발 테이블 위에 빈 펀치 잔을 내려놓으면서 이야기를 나누었다.

"저 사람들이 사기꾼이라는 것을 알아도 나는 놀라지 않을 것입니다. 저 노인은 숨어 있다가는 춘추분이나 하동지에만 나타나는데, 내가 보기에는 꼭 암살자 같아……"

"아니면 파산자……"

"거의 진배없습니다. 사람의 재산을 망하게 하는 것은 그 사람 자체를 죽이는 것보다 때로는 더 나쁩니다."

"보세요. 난 이십 루이를 걸었으니까 사십이 와야죠."

"맹세코, 게임판에는 삼십밖에 남지 않았어요."

"정말이지, 이 모임에는 온갖 사람들이 다 모여 있다니까. 여기에서는 게임을 할 수가 없어요."

"맞아요. 하지만 우리가 수호신을 보지 못한 게 이제 곧 여섯 달이 됩니다. 그가 살아 있는 존재라고 생각하세요?"

"음! 음! 기껏해야……"

그 마지막 말들을 한 것은 내 주변에 있던 미지인들이었
다. 그들은 내가 흑과 백, 삶과 죽음이 뒤섞인 나의 생각을
마지막으로 정리하고 있던 순간에 가버렸다. 나의 시선과 나
의 분별 없는 상상력은 가장 고도의 광채에 도달한 축제와
정원의 어두운 광경을 차례차례 응시하고 있었다. 나는 인간
의 양면성에 대해 얼마 동안이나 명상했는지 모른다. 그런데
갑자기 젊은 여인의 쿡쿡 하는 웃음 소리가 나를 깨웠다. 나
는 눈에 들어오는 모습을 보고 망연자실했다. 내 머릿속에서
반쯤 죽은 상태로 굴러다니던 생각이 참으로 드문 그 어떤
자연의 변덕에 의해 불쑥 거기서부터 튀어나왔고, 그 영상은
사람의 형체를 띠고서 내 앞에 살아 있는 모습으로 나타났
다. 그 영상은 크고 힘센 주피터 머리에서 미네르바처럼 솟
아나왔고, 백 살인가 하면 스물두 살로 보였으며, 살아 있는
가 하면 죽어 있었다. 그 땅딸보 노인은 광인이 독방에서 나
오는 것처럼 그의 방에서 빠져나와, 「탕크레드」[9]의 독창곡을
끝내가고 있던 마리아니나의 목소리에 주의를 기울이면서
늘어서 있는 사람들 뒤로 아마도 교묘하게 스며들었던 것이

---

9) 로시니의 「탕크레디」는 1813년 베네치아에서 만들어져 1822년부터 파
   리에서 큰 성공을 거두었다. 그것은 1826년 '이탈리아 극장'에서 재
   공연되었으며, 다음해에는 '오데옹 극장'에서 「탕크레드」라는 제목하
   에 프랑스어로 공연되었다. 1829년 말리브랑과 손타그는 그것으로 큰
   성공을 거두었다.

다. 그는 어떤 기계 장치에 떠밀려 무대 밑의 지하실에서 튀어나온 것 같았다. 그는 움직이지 않은 채 침울한 모습으로 잠시 동안 그 축제를 바라보고 있었다. 축제의 웅성거리는 소리가 아마도 그의 귀에 닿았던 모양이었다. 그는 거의 몽유병 환자처럼 이것저것에 너무도 집중하여 몰두하고 있었기 때문에, 사람들의 한복판에 있으면서도 사람들은 보지 않고 있었다. 그는 파리에서 가장 매혹적인 어떤 여자 곁에 허물 없이 불쑥 나타났다. 그녀는 세련된 몸매의 우아하고 젊은 무용수로, 어린애의 모습만큼 싱싱하고 하얗고 발그레한 모습이었으며, 또한 너무도 가냘프고 투명해서 마치 태양빛이 투명한 얼음을 관통하듯이 사람의 시선이 꿰뚫고 지나갈 것만 같은 그런 모습이었다. 그들은 둘 다 내 앞에 함께 있으면서 한데 어우러져 너무도 가까이 붙어 있었기 때문에, 그 이방인은 얇은 천의 드레스며 꽃장식, 약간 곱슬곱슬한 머리칼과 펄럭거리는 허리띠를 구겨대고 있었다.

내가 그 젊은 여자를 랑티 부인의 무도회에 데리고 왔었다. 그녀는 그 집에 처음으로 온 것이었으므로 나는 그녀의 쿡쿡 하는 웃음 소리를 용서했다. 그러나 나는 그녀에게 뭔지는 모르지만 어떤 명령적인 신호를 급히 보내 그녀를 무척 당황하게 했으나, 그녀가 옆사람에게 예의를 지키도록 만들었다. 그녀는 내 곁에 앉았다. 노인은 그 감미로운 여자의 곁을 떠나려고 하지 않았다. 그는 극도로 나이 많은 사람들이 자주 그러듯이, 그래서 그들이 어린애와 닮아 보이듯이, 말 없는 고집을 부리며 분명한 이유도 없이 그녀에게 제멋대로 달라붙어 있었다. 젊은 여자 곁에 앉기 위해서 그는 접는 의자를 하나 잡아야만 했다. 그의 가장 작은 동작에도 중풍 환자의 몸짓에서 흔히 드러나는 특징인 그런 냉담한 우둔, 그런 얼빠진 우유부단의 흔적이 새겨져 있었다. 그는 알아들을 수 없는 몇 마디 말을 중얼거리면서 조심하며 천천히 자리에 앉았다. 그의 쉰 목소리는 돌이 우물에 떨어질 때 나는 소리와 흡사했다. 젊은 여자는 마치 낭떠러지에 떨어지지 않으려고 하는 것처럼 나의 손을 꽉 잡았고, 눈앞의 그 사람이 열기 없는 두 눈, 색바랜 나전(螺鈿) 외에는 비교될 수 없는 청록색의 두 눈을 자기 쪽으로 돌렸을 때는 전율했다.

"무서워요." 그녀가 몸을 굽혀 내 귀에 대고 말했다.

"말해도 됩니다. 그는 잘 알아듣지 못해요." 내가 대답했다.

"그럼 저 사람을 아세요?"

"네."

그러자 그녀는 인간의 언어로는 이름이 없으며, 실체 없는 형체요, 생명 없는 존재, 혹은 행동 없는 생명인 그 인물을 제법 대담하게 잠시 동안 살펴보았다. 그녀는 그때 불안스런 호기심의 매력에 사로잡혀 있었다. 그런 유의 매력에 사로잡힌 여성들은 위험스런 감동을 맛보려고 하며, 사슬에 묶인

호랑이를 쳐다보려고 한다든지 보아 뱀을 바라보려고 한다. 그것들과는 연약한 울타리에 의해서만 분리되어 있기 때문에 질겁을 하면서도 말이다. 비록 그 땅딸보 노인의 허리는 날품팔이의 허리처럼 굽어 있기는 했지만, 그의 키가 보통 정도 된다는 것은 쉽게 알 수 있었다. 지독히 마른 몸이나 허약한 사지로 보아 전체적으로는 여전히 날씬하다는 것을 알 수 있었다. 그는 검정색 비단 바지를 입고 있었다. 그 바지는 넘어진 돛처럼 주름을 만들고 있었고, 바짝 마른 엉덩이 부분은 헐렁헐렁했다. 해부학자라면 그 이상한 몸체를 지탱하고 있는 짧은 다리를 보고서 끔찍한 쇠약 징후를 금방 알아볼 것이었다. 뼈 두 개가 무덤 위에 십자가 모양으로 꽂힌 것 같았다. 쇠약으로 인해 그 약한 몸뚱이에 새겨진 자국들을 부득이하게 보게 되면 그 사람에 대한 깊은 혐오감이 마음을 사로잡았다. 미지인은 황금빛 수를 놓은 옛날 양식의 흰색 조끼를 입고 있었으며, 그 옷감은 눈이 부실 정도의 흰색이었다. 여왕이라도 부러워할 정도로 풍부하고 제법 빨간 영국식 레이스로 된 블라우스 장식이 그의 가슴 위에서는 누런 주름을 만들고 있었다. 노인의 그 레이스는 장식이라기보다는 오히려 누더기였다. 그 가슴 장식의 복판에서는 엄청난 값의 다이아몬드가 태양처럼 빛나고 있었다. 그런 때 지난 사치, 안에 틀어박힌 그 멋없는 보물은 그 기이한 사람의 모습을 눈에 더욱 잘 띄게 했다. 틀은 초상화에 잘 어울렸다.

검은 얼굴은 각이 졌고, 사방으로 움푹 들어가 있었다. 턱도 움푹 들어갔고 관자놀이도 움푹 들어갔으며, 눈은 누르스름한 안와(眼窩) 속으로 사라져 있었다. 형언할 수 없을 만큼 말라 불쑥 나온 턱뼈는 두 뺨의 중앙에 움푹 들어간 구멍을 만들고 있었다. 불빛에 조금 비추어진 그 혹들은 그림자나 기묘한 반영을 만들었고, 그런 것들 때문에 그 모습에서는 사람 얼굴의 특징이 모두 사라지고 없었다. 많은 세월의 흐름으로 인해 그 얼굴의 뼈에는 노랗고 얇은 피부가 단단히 달라붙어 있어 얼굴에는 온통 주름투성이였다. 그 주름들은 어린애가 던진 조약돌에 의해 흐트러진 물의 파문처럼 원을 그리고 있거나 유리 균열처럼 금이 갔는데, 그 어떤 경우에나 주름은 항상 깊었고 책 가장자리의 면처럼 밀집해 있었다. 어떤 노인들은 흔히 그보다 더 끔찍한 모습을 우리에게 보여준다. 그러나 우리 앞에 갑자기 나타난 그 유령에게 인공적인 창조물의 모습을 가장 많이 부여하는 것은 그에게서 번쩍이는 붉은빛과 흰빛이었다. 눈썹은 빛을 받아 광택이 났고, 그 광택으로 인해 무척 잘 그린 그림이 드러난 듯했다. 그토록 심하게 파괴된 침울한 외관으로 보아서는 다행스럽게도 송장 같은 두개골이 황금색의 가발 아래 숨겨져 있었고, 가발의 수많은 컬은 대단한 거드름을 피우고 있었다. 게다가 귀에 달린 금 귀고리를 보나, 딱딱해진 손가락에서 빛나는 훌륭한 보석이 박힌 반지를 보나, 그리고 여자의 목에 걸린 보석 목걸이처럼 반짝이는 시곗줄을 보나, 그 환상적인 인물의 여성적인 멋부림은 무척 잘 드러나고 있었다. 마지막으로, 일본 우상 같은 그 사람의 푸르스름한 입술은 변하지 않고 고정된 웃음을, 죽은 얼굴의 웃음처럼 냉혹하고 빈정거리는 듯한 웃음을 머금고 있었다. 조각상처럼 말이 없고 움직이지 않는 그 사람은, 공작부인의 상속자들이 목록 작성을 하다가 서랍에서 찾아낸 낡은 드레스에서 나는 듯한 사향 냄새를 풍기고 있었다. 노인이 모인 사람들에게 눈을 돌릴 때면, 미광 한 줄기도 반사할 수 없는 그 안구는 감지되지 않는 어떤 인공 장치에 의해 움직여지는 것 같았다. 그의 시선이 멈출 때면, 그를 살피고 있던 사람은 그의 눈이 정말로 움직였던가 하고 의심하곤 하였다. 그런데 그런 인간 잔해 곁에서 새하얀 목과 팔과 가슴이 훤히 드러난 젊은 여인의 모습을 보고 있다니. 그녀의 몸매에선 파릇파릇한 아름다움이 넘쳐흘렀고, 백설 같은 이마에선 촘촘한 머리칼이 사랑을 자아내고 있었으며, 그윽하고 상큼한 시선은 빛을 빨아들이는 것이 아니라 내뿜고 있었다. 그녀의 너울너울 굽이치는 머리결과 향기로운 숨결들은 그와 같은 망령, 송장 같은 노인에게는 너무도 무겁고 단단하며 강렬한 것처럼 느껴졌다. 아아, 그 둘의 모습은 바로 내 머릿속에 떠돌고 있던 생각으로, 죽은 자와 살아 있는 생명의 모습, 상상 속의 아라베스크 무늬였다. 요컨대 상반신으로 보아서는 완벽하게 여성이지만 반은 흉측한 모습의 키메라[10]였던 것이다.

'그렇지만 저런 식의 결혼이 세상에서는 흔하게 이루어지는 법이지.' 나는 혼잣말을 했다.

"그에게선 묘지 냄새가 나요!" 공포에 사로잡힌 젊은 여자가 소리쳤다. 그녀는 나의 보호를 확인하기 위한 것처럼 내게 달라붙었고, 그 요란스런 동작으로 보아 몹시 걱정스러워 보였다. 그녀는 말을 이었다. "끔찍한 모습이에요. 여기에 더 이상 있을 수가 없어요. 그를 다시 본다면, 바로 죽음이 나를 찾으러 왔다고 생각될 거예요. 그런데 그는 살아 있나요?"

그녀는 여자들이 욕망을 맹렬히 느낄 때와도 같이 대담하게 그 기이한 사람을 때렸다. 그녀의 모공에서는 식은땀이 흘렀다. 그녀가 노인을 건드리자마자 따르라기 소리와 흡사한 소리가 들렸기 때문이었다. 만일 그것이 목소리였다면, 그 날카로운 목소리는 거의 말라붙은 목구멍으로부터 새어나왔다. 그리고 그 외침 소리에 뒤이어 곧바로 경련을 일으키는 어린애 잔기침 같은 독특한 음향의 소리가 들려왔다. 마리아니나, 필립포, 랑티 부인은 그 소리를 듣고 우리들에게 눈길을 던졌고, 그들의 시선은 번갯불처럼 튀었다. 젊은 여자는 센 강에라도 뛰어들고 싶었을 것이었다. 그녀는 내

---

10) 키메라(키마이라)는 그리스 신화에 나오는 괴물인데, 사자의 머리에 양의 몸과 뱀의 꼬리를 가졌으며 불꽃을 내뿜는다.

팔을 잡아 어떤 규방으로 끌고 갔다. 남녀 모두가 우리에게 길을 내주었다. 응접실 끝에 다다른 우리는 반원형의 작은 방으로 들어갔다. 내 동반자는 질겁하여 가슴을 두근거리면서, 어디에 와 있는지도 모른 채 긴 의자에 몸을 던졌다.

"부인, 당신은 지금 제정신이 아닙니다." 나는 그녀에게 말했다.

"그렇지만, 그게 내 잘못인가요?" 그녀는 내가 바라보고 있는 동안 잠시 침묵한 후 말을 이었다. "랑티 부인은 무슨 이유로 귀신들이 자기 저택에서 돌아다니게 놔둘까요?"

"이런, 바보 흉내를 내는군요." 내가 대답했다. "당신은 땅딸보 노인을 유령이라고 생각하는군요."

"조용히 하시죠." 그녀는 모든 여자들이 자기가 옳다고 말하고 싶을 때 흔히 취하는 위엄 있고 조롱하는 태도로 대꾸했다. "멋진 규방이에요!" 그녀가 주위를 돌아보면서 소리쳤다. "푸른 수자(繻子)가 벽걸이 장식으로는 언제나 아주 훌륭해요. 정말 시원한 느낌을 주는군요! 참! 멋진 그림이에요!" 그녀는 자리에서 일어나, 화려한 틀에 담긴 그림 쪽으로 가면서 덧붙여 말했다.

우리는 어떤 초자연적인 화가가 그린 듯한 그 경탄스러운 그림을 잠시 동안 주시하고 있었다. 그 그림은 사자 가죽 위에 누워 있는 아도니스였다. 그때 규방 한가운데 매달린 순백색 용기의 램프로부터 흘러나오는 부드러운 미광 덕택에 우리는 그 그림의 아름다움을 온전히 포착할 수 있었다.

"저토록 완전한 존재가 실재할까요?" 그녀는 부드럽게 만족스러운 미소를 머금으면서, 윤곽의 우아한 기품·포즈·색채·머리칼, 요컨대 모든 것을 훑어본 후 나에게 물었다.

"남자라고 하기에는 너무 아름다워요." 그녀는 마치 자기의 경쟁자를 쳐다볼 때처럼 그림을 훑어보고는 덧붙여 말했다.

그때 나는 질투로 인해 참으로 큰 타격을 받았다. 예전에 어떤 시인은 그런 종류의 질투심이 있다는 것을 내게 믿게 하려고 애썼지만 소용없는 일이었는데, 그것은 모든 것을 이상화하는 이론에 따라 예술가들이 인간의 아름다움을 강조하고 있는 판화나 그림, 조각에 대한 질투였다.

"그건 초상화에 지나지 않아요." 나는 그녀에게 대답했다. "그건 비엥[11]의 재능이 만들어낸 것입니다. 하지만 그 위대한 화가도 결코 실물을 본 적은 없어요. 이 나체화가 여자 조각상을 보고서 그린 것이라는 걸 알면, 부인의 감탄은 아마도 줄어들겠지요."

"그런데 이건 누구죠?"

나는 망설였다.

"알고 싶어요." 그녀가 강렬한 어조로 덧붙였다.

---

11) 조제프 마리 비엥(1716~1809) : 프랑스 화가. 신고전주의 회화 운동의 주동자로, 고대에서 영감을 받고 모델을 찾으면서도 동시대의 관능적 기품을 포기하지 않았다.

"내 생각에 이 아도니스는 랑티 부인의 그…… 어떤……
조상을 그린 것입니다." 나는 그녀에게 말했다.

나는 그녀가 그 그림을 바라보는 데 흠뻑 빠져 있는 것을
보고 괴로웠다. 그녀는 말없이 앉아 있었고, 내가 그녀의 곁
으로 다가가서 손을 잡아도 전혀 알지 못했다. 초상화 때문
에 잊혀진 존재가 되다니! 그때 드레스 자락을 살랑거리며
다가오는 여자의 가벼운 발소리가 침묵 속에서 울려퍼졌다.
우리는 어린 마리아니나가 들어오는 것을 보았다. 그녀에게
선 우아함과 싱싱한 몸치장보다는 천진난만한 표정이 더욱
눈부셨다. 그녀는 천천히 걸어왔으며, 어머니 같은 배려로
자식을 대하듯 정성을 들여, 우리를 음악 살롱으로부터 도망
치게 만들었던 그 옷 입은 유령을 부축하고 있었다. 그녀는
허약한 다리를 천천히 내딛고 있는 그를 불안한 마음으로 쳐
다보며 인도했다. 두 사람은 벽걸이 장식 뒤에 가려진 문까
지 간신히 다다랐다. 마리아니나가 문을 가볍게 두드렸다.
그러자 거기서 집의 수호 정령 같은 메마르고 키 큰 사내 하
나가 마술처럼 곧바로 나타났다. 어린 여자는 노인을 그 비
밀스런 수호자에게 맡기기 전에 뼈와 가죽만 남은 그에게 존
경스럽게 키스를 했다. 그녀의 정숙한 애정 표시에는 어떤
특권적인 여자들이 그 비밀을 알고 있는 바의 상냥스러운 아
양이 배어 있었다.

"아듀, 아듀!" 그녀는 더할 나위 없이 귀여운 억양의 어린

목소리로 말했다.

　그녀는 낮은 목소리로 대단히 멋있게 굴리는 소리를 마지막 음절에 덧붙이기도 했는데, 시적인 표현으로 마음의 감격을 그려내기 위함인 것 같았다. 그러자 노인은 무언가 떠오르는 것이 있는 듯 깜짝 놀라며 그 비밀 은거처의 문턱에 그대로 서 있었다. 우리는 그때 무척이나 고요한 침묵 덕택에 그의 가슴에서 새어나오는 무거운 한숨 소리를 들었다. 그는 뼈만 앙상하게 남은 여러 손가락에 끼고 있던 반지 중에서 가장 멋진 것을 뽑아 마리아니나의 품에 넣어주었다. 소녀는 좋아 죽겠는지 웃음을 터뜨렸고, 반지를 집어 그것을 장갑 낀 손가락 하나에 끼고는 살롱 쪽으로 재빨리 뛰어갔다. 그때 살롱에서는 카드릴 춤곡이 울려퍼지고 있었다. 그녀는 우리가 거기에 있다는 것을 알아차렸다.

　"아아, 여기들 계셨군요!" 그녀는 얼굴을 붉히며 말했다.

　그녀는 뭔가 질문을 할 것처럼 우리를 쳐다보더니, 그녀의 나이에 어울리게 태평스럽고 활기에 넘친 동작으로 자신의 춤상대에게로 달려갔다.

　"저게 무슨 뜻이죠?" 나의 젊은 파트너가 물었다. "저 사람이 그녀의 남편인가요? 난 꿈꾸고 있는 것 같아요. 내가 지금 어디에 있는 거죠?"

　"부인!" 나는 말했다. "부인께서는 흥분하고 계시군요. 가장 알아채기 힘든 정감도 예민하게 파악하시는 분이 말입니다. 한 남자의 가슴속에 더할 수 없이 미묘한 감정을 만들어 놓고 첫날부터 그 감정이 시들지도 깨어지지도 않게 가꾸어 올 줄 알았던 당신이 말입니다. 마음의 고통에 연민을 느낄 줄 알고, 파리 여인의 정신에 이탈리아나 스페인에 어울리는 정열적인 영혼을 결합시키고 있는 당신이요……"

그녀는 나의 말에 신랄한 아이러니가 배어 있다는 것을 잘 알고 있었다. 그랬기 때문에 그녀는 아랑곳하지 않고 나의 말을 가로막으며 말했다.

"당신은 날 당신 마음대로 만들어내고 있군요. 정말 이상한 횡포예요! 당신은 내가 내 자신이 아니기를 바라고 있어요."

"아니오! 나는 아무것도 바라지 않습니다." 나는 그녀의 딱딱한 태도에 깜짝 놀라 소리쳤다. "매혹적인 남부 여자들로 인해 우리의 마음속에 생겨난 그 힘찬 정열에 대해 부인 역시 듣기를 좋아하는 것만은 사실 아닌가요?"

"그래요. 그래서요?"

"그래서 내가 내일 저녁 아홉시경에 부인 댁에 가서 그 비밀을 밝혀드리겠습니다."

"아니에요. 난 당장 알고 싶어요." 그녀는 고집스런 태도로 말했다.

"당신이 '나는 원해요'라고 할 때 내가 당신에게 복종할 수 있는 권리를 내게 주셨던가요?"

"지금요. 당장 그 비밀을 알고 싶어 죽겠어요. 내일은 아마

도 당신의 이야기를 듣지 않을지도 몰라요……" 그녀는 당
해낼 수 없는 교태를 부리면서 대답했다.

그녀는 미소를 지었고 우리는 헤어졌다. 그녀는 여전히 오
만하고 여전히 당당했지만, 나는 언제나 그렇듯 여전히 우스
꽝스러웠다. 그녀는 젊은 부관과 대담하게 왈츠를 추었고,
나는 화를 냈다가, 뾰로통했다가, 경탄했다가, 상냥했다가,
질투했다가 하면서 그 자리에 그대로 남아 있었다.

"내일 봐요." 새벽 두시경 그녀는 무도회에서 빠져나와 내
게 말했다.

'나는 가지 않겠어. 너를 포기할 거야.' 나는 생각했다. '너
는 아마 내가 상상한 것보다 훨씬 더 변덕스럽고, 이상야릇
한 여자야……'

다음날 우리 둘은 조그맣고 우아한 살롱의 따뜻한 불 앞에
앉아 있었다. 그녀는 작은 소파 위에, 나는 쿠션 위 거의 그
녀의 발 쪽에 앉아 있었고, 그녀의 눈은 내 눈을 감시하듯 내
려다보고 있었다. 길은 조용했다. 램프는 부드러운 빛을 던
지고 있었다. 그 순간은 영혼에 감미로움을 주는 그런 저녁
이었다. 결코 잊혀지지 않는 그런 순간, 평화와 욕망 속에서
보낸 그런 시간으로, 훗날 우리가 그보다 더욱 행복하게 되
더라도 그 매력이 여전히 미련의 소재로 남게 될 그런 순간
이었다. 첫사랑의 호소가 남긴 강렬한 인상을 누가 지울 수
있겠는가?

"자아, 얘기해보세요." 그녀가 말했다.

"아뇨, 시작하기가 어렵군요. 이 사건엔 이야기하는 사람으로선 위험한 대목이 있습니다. 내가 열광을 하면 당신은 나더러 말문을 닫으라고 할 겁니다."

"말씀하세요."

"할 수 없군요. 말씀드리죠."

"에르네스트 장 사라진느는 프랑슈콩테 지방의 어떤 검사의 외아들이었습니다." 나는 잠깐 쉬었다가 말을 이었다. "그의 부친은 육천에서 팔천 리브르의 연금을 아주 정당하게 벌었습니다. 전문가의 재산으로도 그 금액은 당시 지방에서는 엄청난 것으로 통했습니다. 사라진느 영감에겐 아이가 하나밖에 없었기 때문에 아이의 교육을 위해서는 아무것도 소홀히 하고 싶지 않았습니다. 그는 아이를 사법관으로 만들고 싶었습니다. 아주 오래도록 살아서 노년기에는, 생디에 지방의 농부인 마티외 사라진느의 손자가 고등법원의 대영광을 위한 변론 때 백합 가문(家紋) 의자 위에 앉아 졸고 있는 모습을 보고 싶었습니다. 그러나 하늘은 검사에게 그런 기쁨을 마련해두지 않았습니다.

일찍 예수회 교단에 맡겨진 어린 사라진느는 보기 힘든 부산스러운 아이였습니다. 그는 재능 있는 유년기를 보냈습니다. 그는 마음이 내킬 때만 공부를 했고, 자주 반항하였으며,

가끔씩 여러 시간 동안을 내내 혼란스런 명상에 잠겼는데, 때로는 놀고 있는 친구들을 물끄러미 바라보기도 했고, 때로는 스스로가 호메로스의 주인공이 되어보기도 했습니다. 그러다가 자신이 놀 때면 그 놀이에 엄청나게 몰입하곤 했습니다. 또 친구와 그 사이에 싸움이 벌어지면 피가 나지 않고 끝나는 일은 드물었습니다. 자기가 더 약하면 그는 물어뜯기라도 했습니다. 그는 적극적인가 하면 소극적이고, 소질이 없는가 하면 너무도 총명한 이상한 성격의 소유자였기 때문에 친구는 물론 선생님들도 싫어했습니다. 그는 그리스어의 기본 요소를 배우는 대신 투키디데스[12]의 구절을 설명해주는 신부님의 모습을 그렸고, 수학 선생이나 감독 신부·시종들·수도원장들의 모습을 소묘했으며, 형태를 알 수 없는 스케치들로 벽 전체를 더럽혀놓았습니다. 그리고 교회에서는 예배가 진행되는 동안 주님의 찬가를 부르는 대신 걸상 깎는 일을 즐겼습니다. 또한 나뭇조각 하나를 훔쳤을 때는 어떤 성인의 형상을 조각하기도 했습니다. 목재·돌·연필이 없을 때면 빵 부스러기로 자신의 생각을 표현했습니다. 성가대석 장식 그림의 인물들을 베껴 그리든지, 즉흥적인 그림을 그리든지, 그는 언제나 자기 자리에 조잡한 그림 따위를 남

---

12) 기원전 5세기에 활동한 고대 그리스의 역사학자로, 『펠로폰네소스 전쟁사』의 저자.

겨두었습니다. 그 그림들의 외설스러움은 가장 젊은 신부들까지도 속상하게 만들었습니다. 그런데 험구가들은 늙은 예수회 수도사들이 그 그림을 보고 빙그레 웃는다고 말하곤 했습니다. 중학교의 기록을 믿는다면 여하튼 그는, 어느 성 금요일 자기의 고해 차례를 기다리다가 큰 장작을 그리스도 모양으로 조각했다는 것 때문에 학교에서 쫓겨났습니다. 그 상에 새겨진 종교 모독이 너무도 심했기 때문에 예술가는 징벌을 받지 않을 수 없었던 것입니다. 꽤나 추잡스러운 그 형상을 그가 감히 감실(龕室) 위에 올려놓지 않았겠습니까!

사라진느는 아버지의 저주에 찬 위협을 피해 파리로 피난처를 찾으러 갔습니다. 그는 어떤 장애물에도 굴하지 않는 강한 의지의 소유자여서 자신의 재능이 움직이는 대로 따라 부샤르동[13]의 아틀리에로 들어갔습니다. 그는 하루종일 작업을 하다가 저녁이면 생계를 구걸하러 갔습니다. 부샤르동은 젊은 예술가의 발전과 총명함에 감탄하였으며 제자가 처한 궁핍을 이내 알아차렸습니다. 그는 제자를 도와주었고 애정으로 대했으며 자기 자식처럼 생각했습니다. 그리고 장래의 인재가 젊음의 동요와 싸우고 있는 모습을 보여주는 그런 작

---

13) 부샤르동(1698~1762)은 프랑스인으로 조각가이자 데생 화가. 로마에 십 년 동안 체류하며 많은 흉상을 조각했다. 파리에서는 메달과 돌을 조각하였고, 베르사유 궁전의 정원 작업도 하였다. 그는 고대 조각의 찬미자였다.

품에 의하여 사라진느의 재주가 드러났을 때, 관대한 부샤르 동은 제자가 노검사의 후의를 다시 받을 수 있도록 힘썼습니다. 저명한 조각가의 권위 앞에서 아버지의 노여움은 진정되 었습니다. 브장송 전체가 미래의 위인을 낳은 것을 자축했습니다. 그 인색한 전문가는 허영심이 만족되어 황홀경에 빠지게 되자 즉각 아들이 유리한 상태로 세상에 나타날 수 있게 해주었습니다. 조각에서 요구되는 길고도 힘든 공부를 하던 긴 시간 동안에 사라진느의 혈기 왕성한 성격과 야생적 재능은 길들여졌습니다. 부샤르동은 아마도 미켈란젤로의 영혼 만큼이나 강력하게 연마된 그 젊은 영혼 속에서 정열이 격렬하게 폭발할 것을 예견하고는 끊임없이 작업을 부여함으로써 그 에너지를 억눌렀습니다. 그는 사라진느의 놀랄 만한 격정을 올바른 한계 속에 유지하는 데 성공했습니다. 그에게 작업을 금지시킴으로써 그랬고, 그가 어떤 격렬한 생각에 사로잡혀 있는 것을 보았을 때는 기분 전환을 제안함으로써 그랬으며, 그가 방탕에 빠지려고 하는 순간에는 중요한 일을 맡김으로써 그렇게 했습니다. 그러나 그 정열적인 영혼에게는 언제나 부드러움이 가장 강력한 무기였습니다. 선생은 제자에게 아버지 같은 호의를 보여 감사의 마음을 불러일으킴으로써만 지대한 영향력을 가질 수 있었습니다.

스물두 살이 되자 사라진느는 부샤르동이 그의 품성과 습관에 끼친 유익한 영향으로부터 불가피하게 벗어나게 되었습니다. 그는 퐁파두르 부인[14]의 동생이자 예술을 위해 많은 일을 한 마리니 후작[15]이 제정한 상을 받음으로써 천재가 자신에게 부과하는 고통을 견디어냈습니다. 디드로는 부샤르동의 제자가 만든 조각상을 걸작이라고 칭찬한 바 있습니다. 왕의 조각가는 그가 원칙대로 세상 물정에 대해서는 전혀 모르는 상태에 두었었던 젊은이가 이탈리아로 떠나는 것을 보고 상당히 큰 고통을 느꼈습니다.

사라진느는 육 년 전부터 부샤르동과 식탁을 같이했습니다. 카노바[16]가 그 이후 그랬듯이 예술에 열광한 그는 새벽부터 일어나 아틀리에에 들어가서는 밤이 되어서야 나왔고, 오직 뮤즈와만 함께 사는 것이었습니다. 그가 코메디 프랑세즈 극장에 가는 일이 있었다고 해도, 그것은 선생에게 이끌렸기 때문이었습니다. 그는 조프랭 부인 집에서나, 부샤르동이 그를 소개시키고자 애썼던 상류 사회에서는 너무도 거북

---

14) 잔 앙투아네트 푸아송(1721~1764)은 재정가의 딸로 총괄 징세 청부인과 결혼하여 퐁파두르 후작부인이 되었다. 그녀는 살롱에서 인기가 매우 높았고, 왕의 정부가 되어 오랫동안 우정을 유지했다. 그녀는 예술을 사랑하여 많은 예술가들을 후원했다.

15) 훗날 마리니 후작이 된 아벨 프랑수아 푸아송(1727~1781)은 퐁파두르 후작부인의 동생으로, 왕실의 예술 및 건물 담당 총무관을 지냈다.

16) 안토니오 카노바(1757~1822)는 이탈리아인 조각가로, 신고전주의 이론의 영향을 받았다. 조각 분야에서 신고전주의의 대가가 된 그는 회화에서의 다비드에 비견되는 권위를 얻었다. 그의 나폴레옹 조각상은 대단히 유명하다.

스러웠기 때문에 차라리 혼자 있는 것을 더 좋아했으며, 그 방탕한 시대의 쾌락들은 거부하였습니다. 그에게는 오페라 극장의 유명 배우 중의 한 사람인 클로틸드와 조각 외에는 다른 애인이 없었습니다. 그리고 그녀와의 관계도 오래가지는 않았습니다. 사라진느는 꽤나 추남이었고 언제나 옷을 잘못 입었으나 기질은 너무도 자유분방하고 사생활에서는 규칙적이지 못했기 때문에, 그 유명한 요정은 어떤 큰 재앙을 두려워하고서 조각가가 예술만을 사랑하도록 이내 풀어주었습니다. 소피 아르누는 그 점에 대해 뭔지는 몰라도 재치 있는 말을 했습니다. 내 생각으로는, 자기 동료가 조각상들을 압도할 수 있었다는 사실에 그녀가 놀랐던 것 같습니다.

사라진느는 1758년에 이탈리아로 떠났습니다. 여행을 하는 동안 그의 뜨거운 상상력은 구릿빛 하늘 아래에서, 그리고 그 예술의 나라 여기저기에 흩어져 있는 훌륭한 기념물들을 보고서 불꽃처럼 타올랐습니다. 그는 조각상·벽화·그림 들을 보고 감탄했습니다. 그리고 경쟁심에 가득 찬 그는 미켈란젤로와 부샤르동의 이름 사이에 자신의 이름을 넣고 싶은 욕망에 사로잡혀 로마로 갔습니다. 그래서 그는 체류 초기에는 아틀리에에서 작업을 하는 데에, 그리고 로마에 풍부하게 있는 작품들을 검토하는 데에 시간을 쪼개 썼습니다. 그는 폐허의 여왕을 볼 때면 모든 젊은 상상력을 사로잡는 황홀한 상태에서 벌써 두 주일을 보냈었습니다. 그러던 어느

날 저녁 그는 아르헨티나 극장에 갔는데 군중이 그 앞에 모
이고 있었습니다. 그가 사람들이 몰려드는 이유를 물어보았
더니, 사람들은 '잠비넬라! 조멜리!'라고 두 사람의 이름을
들어 대답했습니다. 그는 안으로 들어가 일층에 앉았는데,
무척이나 뚱뚱한 두 신부 사이에 끼게 되었습니다. 그러나
그는 제법 다행히도 무대 가까이에 자리를 잡고 있었습니다.
막이 올랐습니다. 그는 장 자크 루소가 홀바흐 남작의 야회
에서 그 즐거움에 대해 매우 설득력 있게 칭찬했던 바 있는
그 음악을 생애 처음으로 들었습니다. 말하자면 조멜리의 숭
고한 하모니가 젊은 조각가의 감각에 기름을 부었던 것입니
다. 능숙하게 배합된 그 이탈리아 목소리들의 우수 어린 독
창성이 그를 매혹적인 황홀경에 빠지게 했습니다. 그는 말없
이 꼼짝도 하지 않고 있었으며, 두 신부 사이에 끼여 눌리는
것도 느끼지 못하였습니다. 그의 영혼이 귀와 눈으로 들어갔
습니다. 그는 자기가 모공 하나하나로 듣고 있는 것 같았습
니다. 갑자기 홀을 떠나가게 할 듯한 박수 소리가 프리마 돈
나의 입장을 맞이했습니다. 그녀는 교태를 부리면서 무대의
전면으로 나와 한없이 우아한 모습으로 관객에게 인사했습
니다. 조명, 모든 사람들의 열광, 무대의 박진감, 그 시기에
는 상당히 매력 있던 분장의 마력적 효과 같은 것들이 그 여
자에게 유리하게 작용했습니다. 사라진느는 기뻐 소리를 질
렀습니다.

그는 그 순간 여태껏 여기저기에서 그 자연스런 완벽함을 찾아왔었던 이상적인 아름다움을 보고 감탄했습니다. 그는 흔히 비천해 보이던 어떤 모델에게는 완전무결한 다리의 둥근 형태를, 다른 모델에게는 가슴의 곡선을, 또 다른 사람에게는 하얀 어깨를 요구하였었지만, 결국은 어떤 소녀의 목과 다른 여자의 손, 그리고 어떤 아이의 매끄러운 무릎을 택하게 되었던 것인데, 그것은 파리의 차가운 하늘 아래에서는 고대 그리스의 풍부하고 그윽한 창조물을 결코 만나보지 못했기 때문이었습니다. 그가 보기에 잠비넬라는 그토록 뜨겁게 바라던 여성적 자연의 그 세련된 균형을, 조각가라면 그것에 대한 가장 엄격한 판관이면서 동시에 가장 열광하게 되는 그 세련된 균형을 매우 생생하고 우아하게 결합시키고 있었습니다. 그녀는 표현이 풍부한 입, 사랑이 담긴 눈, 눈부시게 하얀 얼굴빛을 갖고 있었습니다. 그리고 화가를 매료시켰을 그런 모습에, 그리스인들의 끌로 만들어져 숭배의 대상이 되었던 비너스의 모든 불가사의를 결합해보십시오. 예술가는 지치지 않고 찬양하였습니다. 모방할 수 없도록 기품 있게 상반신에 붙어 있는 팔, 매혹적인 둥근 목, 눈썹과 코의 조화로운 선들, 그리고 완벽한 타원형의 얼굴, 그 선명한 곡선의 순수함, 크고 관능적인 눈꺼풀을 끊어주는 짙고 구부러진 속눈썹의 효과 등을 말입니다. 그것은 한 여자라기보다는 그 이상이었고, 하나의 걸작이었습니다! 그 뜻밖의 창조물에는 모든 남자를 매혹시키는 사랑과 비평가를 만족시킬 만한 아름다움이 있었습니다. 사라진느는 자신을 위해 받침대에서 내려온 피그말리온의 조각상을 탐욕스럽게 바라보았습니다. 잠비넬라가 노래를 불렀을 때는 말 그대로 열광이었습니다. 예술가는 추위를 느꼈습니다. 그러나 그는 자신의 내적 존재의, 다시 말해 우리가 적절한 말이 없기 때문에 마음이라고 부르는 것의 깊은 곳에서 갑자기 난롯불 같은 것이 타오르는 것을 느꼈습니다! 그는 박수도 치지 않고 아무 말도 하지 않은 채 어떤 광기의 작동을 느끼고 있었습니다. 그것은 일종의 광란으로 무언가 끔찍하고 악마 같은 것이 욕망에 들어 있는 나이에만 우리에게 작용합니다. 사라진느는 무대 위로 돌진하여 그 여자를 낚아채고 싶었습니다. 설명할 수 없는 어떤 정신 쇠약에 의해 무한히 증가된 그의 힘이 고통스러울 만큼 격렬하게 분출되려고 하였던 것입니다. 설명할 수 없다는 것은, 그런 현상이 인간으로서는 관찰할 수 없는 영역에서 일어나기 때문입니다. 아무튼 그를 보면 냉정하고 우둔한 사람이라 할 수 있었습니다. 명예·학문·장래·생활·월계관, 그 모든 것이 무너져내렸습니다.

'그녀의 사랑을 받을 것, 아니면 죽어버릴 것!' 그것이 사라진느가 자신에게 내린 판결이었습니다. 그는 너무도 완벽하게 도취해 있었기 때문에, 홀도 관객도 배우도 볼 수가 없었으며 음악 소리도 듣지 못했습니다. 더 나아가, 그와 잠비

넬라 사이에는 거리가 없었습니다. 그래서 그는 그녀를 소유
할 수 있었고, 그녀에게 달라붙은 그의 눈은 그녀를 낚아챘
습니다. 그는 거의 악마와 같은 어떤 힘에 의해 그 목소리의
숨결을 느낄 수 있었고, 그녀의 머리칼에 스며든 향기나는
분가루의 냄새를 맡을 수 있었으며, 그 얼굴의 평평한 부분
들을 볼 수 있었고, 얼굴에 비단 같은 피부의 뉘앙스를 주는
푸른 핏줄의 수효도 셀 수 있었습니다. 요컨대 그 목소리는
날카롭고 싱싱했으며, 은빛의 음색이었습니다. 그리고 그 목
소리는 아주 작은 숨결 하나라도 그것에 하나의 형태를 부여
하는가 하면, 감았다가 풀어내고, 펼쳤다가 흩뿌릴 수 있을
정도로 실처럼 유연했습니다. 그런 그 목소리가 그의 영혼을
너무도 강력하게 공격했기 때문에, 그는 인간의 정념에 의해
서는 거의 잘 야기되지 않는 발작적인 환락에 의해서 본의
아니게 튀어나오는 그런 소리를 여러 차례 내질렀습니다. 그
는 이내 극장을 떠나지 않을 수 없었습니다. 떨고 있는 그의
다리는 그를 거의 지탱하지 못했습니다. 그는 어떤 무시무시
한 분노에 빠진 신경증 환자처럼 기가 죽고 힘이 없었습니
다. 그는 너무도 많은 기쁨을 느꼈었기 때문에, 아니 아마도
너무 많은 고통을 받았었기 때문에, 그의 생명은 충격에 의
해 엎어진 단지의 물처럼 흘러내렸습니다. 그는 심하게 앓고
난 후의 회복기 환자를 낙담시키는 그런 무력증과도 유사한
공허를 느꼈고, 기진맥진하였습니다.

　그는 설명할 길 없는 슬픔에 사로잡혀 어느 교회의 계단에
가서 앉았습니다. 거기에서 등을 기둥에 기댄 그는 꿈처럼
혼란스런 명상에 빠져들었습니다. 그는 열정의 벼락을 맞았
던 것입니다. 숙소로 돌아온 그는 우리의 삶에 새로운 원칙
이 있음을 드러내주는 그런 절정의 활동에 빠져들었습니다.
고통만큼이나 기쁨에 기인하는 그런 첫사랑의 열병에 사로
잡힌 그는 기억을 떠올려 잠비넬라를 그림으로써 초조함과
흥분을 가라앉히려고 했습니다. 그것은 일종의 관능적 명상
이었습니다. 잠비넬라는 어떤 종이 위에서는 라파엘, 지오르
지오네, 그리고 모든 위대한 화가들이 좋아하는 자태를, 겉
보기에는 평온하고 차가운 그런 자태를 하고 있었습니다. 그
리고 다른 종이 위에서 그녀는 구르는 소리를 내면서 얼굴을
세련되게 돌렸고, 자신의 소리를 듣고 있는 것 같았습니다.
사라진느는 연필로 애인의 온갖 포즈를 모두 다 스케치하였
습니다. 그는 우리가 간절하게 애인을 생각할 때 우리의 상
상력을 부추기는 온갖 변덕스런 상념들을 열광의 연필로 실
현하면서, 그녀의 베일을 벗기고, 앉히고, 세우고, 눕혔으며,
혹은 정숙하게 혹은 요염하게 그렸습니다. 그러나 격정적인
그의 생각은 데생보다도 더 멀리까지 나아갔습니다. 그는 상
상할 수 있는 모든 상황 속에 잠비넬라를 둠으로써, 말하자
면 그녀와 함께하는 미래를 꿈꾸면서 그녀를 보았고, 그녀에
게 말을 했고, 애원을 했고, 그녀와 함께 천년의 인생과 행복

을 다 써버렸던 것입니다.

다음날 그는 하인을 보내 무대에서 가까운 칸막이 좌석 하나를 시즌 동안 내내 잡아두게 했습니다. 그리고 그는 강한 영혼을 가진 모든 청년들처럼 자기가 하는 일의 어려움을 과장하였고, 애인을 장애물 없이 찬미할 수 있는 행복을 열정의 첫번째 양식으로 삼았습니다. 우리가 자신의 감정을 즐기고 거의 자기 혼자서 행복해하는 그런 사랑의 황금기가 사라진느에게서는 오래 지속되지 않았음에 틀림없습니다. 그는 관능적이면서도 천진난만한 청춘의 환각이 주는 매력에 아직 붙들려 있던 때에 여러 사건들에 갑자기 부딪히게 되었던 것입니다. 그는 일주일 남짓 동안 아침마다 찰흙을 빚으며 인생 전체를 체험했습니다. 그는 찰흙의 도움을 받아 잠비넬라를 복제하는 데 성공했던 것입니다. 그녀의 베일, 스커트, 코르셋, 리본 매듭 등은 잘되지 않긴 했지만 말입니다. 저녁이면 일찌감치 혼자 자기 좌석으로 가서 소파에 길게 누워, 아편에 취한 터키인처럼 원하는 만큼 풍요롭고 충분한 행복을 맛보았습니다. 우선 그는 애인의 노래가 불러일으키는 너무도 강렬한 감동과 점차 친숙해졌습니다. 그 다음에 그는 자신의 눈이 그녀를 볼 수 있도록 길들여, 첫날 그가 느꼈던 막연한 분노의 폭발을 걱정하지 않고도 그녀를 응시할 수 있게 되었습니다. 그의 정념은 보다 조용해지면서 더욱 격렬해져갔습니다. 게다가 그 완강한 조각가는, 온갖 이미지들로 가득 차고 희망의 환상으로 치장되고 행복으로 넘치는 자기의 고독을 동료들이 방해하는 것을 용납하지 않았습니다. 그는 너무도 강렬히 너무도 천진난만하게 사랑하였기 때문에, 우리들이 처음으로 사랑에 빠졌을 때 맞부딪치게 마련인 순진한 불안감을 감내해야 했던 것입니다. 곧 행동하여 일을 꾸며야 하고, 잠비넬라가 어디에 살고 있는지 물어야 하고, 그녀에게 어머니·삼촌·후견인·친족이 있는지 알아보아야 한다는 것을 예상하기 시작하자, 그리고 그녀를 보고서 말을 걸 방법들에 대해 생각이 미치자 그의 마음이 무척이나 야심적인 상념들로 가득 차는 것을 느꼈기 때문에, 그는 정신적인 기쁨에 대해서만큼이나 육체적인 고통에 대해서도 행복해하면서 그런 걱정들은 다음날로 미루었습니다."

"하지만 마리아니나도, 땅딸보 노인도 아직 보이지 않는데요." 로슈피드 부인이 나의 말을 가로막으면서 말했다.

"부인은 그 사람만 보고 있군요!" 나는 사건의 급전 효과를 놓친 작가처럼 초조해져서 소리쳤다.

"며칠 전부터 말입니다." 나는 잠시 쉬었다가 말을 이었다. "사라진느는 시간만 되면 꼬박꼬박 자기 좌석으로 가서 앉았습니다. 그런데 그의 시선은 너무도 많은 사랑을 담고 있었기 때문에, 만일 그런 일이 파리에서 일어났다면 잠비넬라의 목소리에 대한 그의 열정은 파리 전체의 뉴스 거리가 되었을 것입니다. 그러나 부인, 이탈리아에서 공연할 때는 각자가 자신을 위해 자신의 열정을 지니고서, 그리고 오페라 글라스로 스파이질은 하지 않지만 호기심을 지니고서 거기에 갑니다. 그렇기는 하지만 조각가의 열광이 남녀 가수들의 시선을 오랫동안 벗어나지는 못했던 것 같습니다. 어느 날 저녁 프랑스인은 사람들이 무대 뒤에서 자기를 비웃는다는 것을 알아차렸습니다. 잠비넬라가 무대에 나오지 않으면 그가 얼마나 극단적으로 변했을 것인지 알기 어려웠을 것입니다. 그녀는 여자들이 원하는 것보다 훨씬 더 많은 것을 흔히 말해주는 그런 의미심장한 눈길을 사라진느에게 던졌던 것입니다. 그 시선은 완전한 누설이었습니다. 사라진느는 사랑을 받고 있었던 것입니다!

'만일 저것이 변덕일 뿐이라면, 그녀는 자기가 앞으로 무엇에 예속될 것인지 모르고 있다는 것이다. 그녀의 변덕이 내가 살아 있는 동안만이라도 지속되었으면 좋겠다.' 그는 애인이 벌써 너무 뜨거워진 것을 비난하며 그렇게 생각했습니다.

그때 좌석문을 세 번 가볍게 노크하는 소리가 예술가의 주의를 일깨웠습니다. 그는 문을 열었습니다. 어떤 노파가 은밀히 들어왔습니다.

'젊은이, 행복하고 싶으면 신중하시오.' 그녀는 말했습니다. '망토로 몸을 둘러싸고, 큰 모자를 눈 아래까지 내려써요. 그렇게 하고 밤 열시경에 스페인관 앞의 코르소 가로 가

봐요.'

'그렇게 하겠소.' 그는 노파의 주름진 손에 이 루이를 쥐어주면서 대답했습니다.

그는 잠비넬라에게 신호를 보낸 다음 좌석을 빠져나왔습니다. 그녀는 마침내 이해받게 되어 기쁜 여자처럼 관능적인 눈꺼풀을 수줍게 내리깔고 있었습니다. 그는 그녀가 해올 온갖 유혹에 걸맞는 치장을 하기 위해 집으로 달려갔습니다. 극장에서 나오고 있는데 어떤 미지인이 그의 팔을 붙잡아 세웠습니다.

'조심하십시오, 프랑스 양반.' 그가 귓속말을 했습니다. '이건 죽느냐 사느냐의 문제입니다. 치코냐라 추기경이 그녀의 후원자이신데, 그분은 지엄하십니다.'

악마가 사라진느와 잠비넬라 사이에 지옥의 심연을 만들어 놓았다고 해도 그는 그 순간 한걸음에 그 모든 것을 통과해버렸을 것입니다. 호메로스가 그린 불사신의 말을 닮은 조각가의 사랑은 어마어마한 공간을 눈 깜짝할 사이에 뛰어넘었던 것입니다.

'집에서 나가면 죽음이 기다린다고 해도 나는 더 빨리 가겠소.' 그는 대답했습니다.

'가엾은 친구!' 미지인이 사라지면서 소리쳤습니다.

열애중인 사람에게 위험을 알리는 것, 그것은 그에게 쾌락을 파는 것이 아닙니까? 사라진느의 하인은 주인이 몸치장을 그렇게 세심하게 하는 것을 결코 본 적이 없었습니다. 부샤르동이 선물했던 가장 멋진 칼, 클로틸드가 주었던 매듭, 번쩍거리는 장식을 단 연미복, 은빛 나사 조끼, 금으로 된 코담뱃갑, 값비싼 회중시계, 그는 그 모든 것을 함에서 꺼내어 마치 첫 애인 앞에 나타나야 하는 소녀처럼 치장을 했습니다. 약속 시간이 되자 사랑에 취하고 희망으로 끓어오른 사라진느는 코를 망토에 파묻고 노파가 말했던 약속 장소로 달려갔습니다. 노파가 기다리고 있었습니다.

'늦으셨구먼요. 이리 와요.' 그녀가 말했습니다.

그녀는 프랑스인을 여기저기 작은 골목으로 데려가더니 무척 멋들어져 보이는 어떤 궁전 앞에 멈추었습니다. 그녀가 노크를 했습니다. 문이 열렸습니다. 그녀는 희미한 달빛에 겨우 형체가 드러나는 계단, 회랑, 방의 미로를 가로질러 사라진느를 안내했습니다. 그리고는 곧 그 틈새로 강렬한 빛이 새어나오는 어떤 문 앞에 이르렀는데, 거기에서는 즐거움에 사로잡힌 여러 목소리가 터져나오고 있었습니다. 노파의 한마디로 그 비밀스런 방으로 들어와 화려한 가구뿐 아니라 불빛도 찬란한 살롱에 서게 되었을 때, 사라진느는 갑자기 눈이 부셨습니다. 그 살롱의 복판에는 불그스레한 표면이 번쩍거리는 아름다운 그릇들과 지극히도 신성한 술병들이 잔뜩 갖추어진 테이블 하나가 놓여 있었습니다. 그는 예술가들의 향연을 시작할 준비가 다된 채 이제 자기만 기다리며 매력적인 여자들 사이에 섞여 있던 남녀 극장 가수들을 알아보았습니다. 사라진느는 분통이 터지는 것을 억누르고 태연자약했습니다. 그가 원했던 것은 불이 어두운 방, 장작불 곁에 앉은 애인, 그 가까이에 있는 시기하는 남성, 죽음과 사랑, 흉금을 터놓고 낮은 목소리로 주고받는 속내 이야기, 위험한 키스, 그리고 바짝 가까이 붙어 있는 얼굴들, 그래서 행복으로 불타고 욕망으로 가득 찬 그의 이마를 잠비넬라의 머리칼이 쓰다듬어줄 그런 상황이었던 것입니다.

'광기 만세!' 그가 외쳤습니다. '신사 숙녀 여러분, 나중에 나는 여러분에게 보답을 할 것이고, 이 가엾은 조각가를 맞이한 여러분의 매너에 대해 감사를 표할 것입니다.'

그는 안면이 있는 참석자들 대부분으로부터 무척 다정한 인사를 받고 난 후, 잠비넬라가 무사태평하게 누워 있는 안락의자 쪽으로 접근하려고 했습니다. 말씀드려도 괜찮다면 부인, 옛날에 여성들이 신으면 너무도 멋지고 너무도 관능적인 모습이 되었기 때문에 남성들이 그걸 어떻게 견뎌냈는지 모르는 그런 슬리퍼를 신고 있는 예쁜 발을 보았을 때, 정말 그의 가슴은 얼마나 뛰었던지. 녹색 가장자리의 팽팽한 스타킹, 짧은 치마, 루이 15세 시대의 뾰족하고 뒤꿈치가 높은 슬리퍼 같은 것들은 유럽과 성직자의 풍기를 아마도 약간은 문란하게 만들었죠."

"약간이라구요!" 후작부인이 말했다. "그러니까 당신은 아무엇도 읽지 못한 거로군요?"

　나는 웃으면서 말을 이었다. "잠비넬라는 뻔뻔스럽게 다리를 꼬고 있었고, 윗다리를 까닥거리며 흔들었습니다. 그것은 공작부인이나 취하는 태도여서, 어떤 매력적인 부드러움으로 가득 차 있고 변덕스러운 그녀와 같은 부류의 미모에는 잘 어울렸습니다. 그녀는 무대복을 벗어버린 상태였습니다. 그녀는 날씬한 허리를 드러내고 있었으며, 페티코트와 푸른 꽃 수가 놓인 비단 드레스가 그녀의 몸매를 돋보이게 하고 있었습니다. 레이스의 화려한 멋부림에 의해 그 보물들이 감추어진 그녀의 가슴은 하얗게 빛나고 있었습니다. 바리 부인이 하는 것과 거의 비슷하게 머리 손질을 한 그녀의 얼굴은, 비록 큰 모자로 너무 많이 가려져 있기는 했지만 더욱 귀엽게 보일 따름이었고, 화장도 잘 어울렸습니다. 그런 모습의 그녀를 본다는 것, 그것은 그녀를 숭배하는 것이었습니다. 그녀는 조각가에게 상냥한 미소를 지었습니다. 사라진느는 자기를 보고 있는 사람들 앞에서만 그녀에게 말할 수 있다는 것이 불만스럽기는 했지만 그녀 곁에 공손하게 앉았고, 그녀의 놀랄 만한 재능을 칭찬하면서 음악에 대해 이야기하였습니다. 그의 목소리는 사랑·두려움·희망으로 떨고 있었습니다.

　'무엇을 두려워합니까? 자아, 여기에 당신이 두려워할 경쟁자는 한 사람도 없어요.' 그 무리에서 가장 유명한 가수인 비타글리아니가 그에게 말했습니다.

테너 가수는 말없이 미소지었습니다. 그 미소는 모든 회식자(會食者)들에게 되풀이 번져나갔고, 그들의 시선에는 사랑에 빠진 사람으로서는 알아차릴 수 없는 어떤 숨은 악의가 들어 있었습니다. 그와 같이 공개하는 것은 사라진느의 가슴에 별안간 단도를 꽂는 것과 같았던 것입니다. 비록 그가 강한 의지를 지니고 있었고, 또한 어떤 상황도 그의 사랑에 영향을 끼칠 수는 없었다 해도, 아마 그로선 아직도 생각하지 못했었던 것이 있었습니다. 그것은 잠비넬라가 거의 창부와 같다는 사실, 그리고 소녀의 사랑을 무척이나 감미로운 것으로 만드는 순수한 쾌락과, 위험하지만 무대의 여자를 소유하기 위해 치러야 하는 급격한 격앙의 상태를 그가 동시에 맛볼 수는 없다는 사실이었습니다. 그는 숙고하고 나서 체념했습니다. 밤참이 나왔습니다. 사라진느와 잠비넬라는 허물 없이 서로의 곁에 앉았습니다. 예술가들은 향연이 반쯤 진행되는 동안 어느 정도 절도를 지켰고, 조각가는 여가수와 이야기를 나눌 수 있었습니다. 그는 그녀에게서 재치와 세련미를 찾아냈습니다. 그러나 그녀는 놀랄 만큼 무지했으며, 약하고 미신적인 모습을 보였습니다. 그녀의 신체 기관의 과민성은 판단력에서 다시 나타났습니다. 비타글리아니가 첫번째 샴페인 병을 터뜨렸을 때, 사라진느는 자기 옆의 여자가 가스의 배출에 의해 생겨난 작은 폭발음에도 꽤 심하게 두려워한다는 것을 그 눈에서 읽었습니다. 사랑에 빠진 예술가는 그 여자의 신체 조직의 반사적인 전율을 과도한 감수성의 징후로 해석하였습니다. 그러한 연약함이 프랑스인을 매료시켰습니다. 남자의 사랑에는 보호심이 크게 관계하고 있는 것이니까요!

'내 힘을 방패로 이용하세요!'라는 말은 모든 사랑 고백의 바탕에 씌어 있지 않습니까? 사라진느는 너무나 정열적이었기 때문에 그 아름다운 이탈리아 여자에게 달콤한 말을 해댈 수가 없었습니다. 그는 모든 연인들이 그러하듯 심각했다가, 웃었다가, 혹은 명상에 잠기곤 하였습니다. 그는 회식자들의 말을 듣고 있는 것 같기는 했지만 실제로는 그들이 하는 말을 한마디도 듣고 있지 않았습니다. 그만큼 그는 그녀의 곁에 있으면서, 그녀의 손을 스쳐 만지고, 그녀를 섬기는 즐거움에 열중해 있었던 것입니다. 그는 은밀한 기쁨에 넘쳐 있었습니다. 주고받는 어떤 시선들의 강한 호소력에도 불구하고, 그는 잠비넬라가 자기를 꺼려하는 태도를 보고 놀랐습니다. 그녀가 먼저 그의 발을 눌렀었고, 사랑에 빠진 방종한 여자같이 짓궂게 굴기 시작했었던 것입니다. 그러나 사라진느가 그의 성격의 과도한 격렬성을 나타내주는 표현을 쓰는 것을 듣고 난 후, 그녀는 갑자기 소녀 같은 정숙함으로 자신의 몸을 감싸버렸습니다. 밤참이 통음난무로 변했을 때, 스페인 술 페랄타와 페드로 히므네스를 마시고 취한 회식자들은 노래를 부르기 시작했습니다. 그것은 매혹적인 이중창, 칼라브리아 지방의 가곡, 스페인의 세기디야 무도곡, 나폴리의 칸초네타였습니다. 취기가 모든 사람의 눈에, 음악 속에, 가슴들 속에, 목소리들 속에 들어 있었습니다. 갑자기 매혹적인 생기발랄함, 다정한 자연스러움, 이탈리아식의 호인스러움이 넘쳐났습니다. 그런 것들은 파리의 모임과 런던의 연회와 비엔나의 클럽밖에 모르는 사람들에게는 절대 그 생각이 떠오르지 않습니다. 농담과 사랑의 말들이 전쟁터에서의 총알처럼 교차하였습니다. 웃음과 불경한 언행, 성모 마리아나 아기 예수에의 기원 사이에서 말입니다. 어떤 사람은 소파에 누워 잠을 자기 시작했습니다. 어떤 소녀는 자기가 식탁보에 헤레스 포도주를 쏟고 있는 줄도 모르고 사랑의 고백을 듣고 있었습니다. 그런 무질서 속에서 잠비넬라는 공포에 질린 채 생각에 잠겨 있었습니다. 그녀는 더 이상의 술은 거절했지만, 아마도 이미 너무 많이 마셨습니다. 하지만 미식이 여자들에게는 하나의 기품이라고들 합니다. 사라진느는 애인의 수줍음에 놀라면서 장래를 진지하게 생각해보고 있었습니다.

'그녀는 아마도 결혼하고 싶은 거야.' 그는 혼잣말을 했습니다.

그리고 그는 그 결혼의 감미로움에 젖어들었습니다. 인생 전체라고 해도 그가 영혼의 바탕에서 찾아낸 행복의 샘을 퍼내기에는 충분히 길지 않은 것 같았습니다. 옆에 있던 비타글리아니가 너무도 자주 마실 것을 따라주었기 때문에 사라진느는 새벽 세시경에는 완전히 취하지는 않았지만 흥분 상태에 빠지는 것은 어찌할 수 없었습니다. 그는 격정이 끓어오르는 순간 그 여자를 데리고 살롱에 붙어 있는 일종의 규방 같은 곳으로 달아났습니다. 그는 그 살롱의 문 쪽으로 여러 차례 눈길을 돌렸었습니다. 이탈리아 여자는 단검을 지니고 있었습니다.

'가까이 오면 이 칼을 당신 가슴에 찌를 수밖에 없어.' 그녀가 말했습니다. '가! 당신은 날 깔보고 있어. 내가 당신 성격을 너무 존중해주었다가 이렇게 당하는 거야. 난 당신에게서 받은 느낌을 잃고 싶지 않아.'

'아! 아!' 사라진느가 말했습니다. '그건 정열을 진정시키기에는 나쁜 방법이고, 오히려 더 부추기는 짓이야. 도대체 당신은 벌써 그 정도까지 타락하고 마음이 늙어, 감정을 자극하여 팔아치우는 젊은 창부처럼 행동을 하나?'

'하지만 오늘은 금요일인걸.' 그녀는 프랑스인의 난폭성에 질겁하며 대답했습니다.

경건한 신자가 아닌 사라진느는 웃기 시작했습니다. 잠비넬라는 어린 노루처럼 뛰어서 향연장으로 달려갔습니다. 사라진느가 그녀의 뒤를 쫓아 거기에 나타났을 때 요란스러운 웃음소리가 그를 맞이하였습니다. 그는 잠비넬라가 소파 위에 기절해 있는 것을 보았습니다. 그녀는 창백했고, 조금 전에 엄청난 힘을 소모했기 때문에 기진맥진한 것 같았습니다. 사라진느는 이탈리아 말을 별로 할 줄 몰랐지만, 자신의 애인이 낮은 목소리로 비타글리아니에게 '하지만 그가 날 죽이고 말 거야!' 라고 말하는 것을 들었습니다.

　그 이상한 장면으로 인해 조각가는 무척이나 혼란스러워졌습니다. 그는 다시 정신을 차렸습니다. 그는 처음에는 움직이지 않고 있다가 다시 말문을 되찾았고, 애인 곁에 앉아 그녀를 숭배하고 있다고 맹세했습니다. 그는 그녀에게 더할 나위 없이 흥분된 말을 함으로써 그의 정열을 감출 수 있는 힘을 얻었습니다. 그리고 그는 사랑을 표현하기 위하여, 여자들이 좀처럼 믿지 않을 수 없는 선의의 통역자인 그 마술적인 웅변의 보물을 펼쳐놓았습니다. 아침의 여명이 회식자들에게 갑자기 찾아왔을 때 한 여자가 프라스카티로 가자고 제안했습니다. 루도비시 빌라에서 하루를 보내자는 생각을 모두가 열렬한 환호로 맞이했습니다. 비타글리아니는 마차를 잡으러 내려갔습니다. 사라진느는 운 좋게도 잠비넬라를 사인승 마차로 데려가게 되었습니다. 일단 로마에서 벗어나자 각자가 잠과 싸우느라 일시적으로 억제되었던 거나한 기분이 갑자기 되살아났습니다. 남녀 모두가 그런 이상스런 생활에, 그런 끊임없는 쾌락에, 인생을 저의 없이 웃고 마는 영원한 축제로 만드는 그런 예술가적 훈련에 익숙한 것처럼 보였습니다. 조각가와 동행한 여인만이 유일하게 기가 죽은 듯 보였습니다.

'아파요? 집에 돌아가는 것이 좋겠소?' 사라진느가 그녀에게 물었습니다.

'전 이런 지나친 일들을 견딜 만큼 강하지 못해요.' 그녀가 대답했습니다. '전 매우 조심해야 해요. 하지만 당신 곁에서는 기분이 좋아요! 당신이 없다면 전 오늘 밤참에 남아 있지 못할 거예요. 하룻밤만 새도 전 온통 생기를 잃고 말거든요.'

'당신은 너무도 예민하군요!' 사라진느가 그 매력적인 인물의 귀여운 모습을 바라보면서 말을 이었습니다.

'향연에 가면 전 목소리가 상해요.'

'이제 우리들만 있으니까, 그리고 내 정열이 끓어오르는 것을 당신이 걱정할 필요가 없으니까, 날 사랑한다고 말해봐요.' 사라진느가 소리쳤습니다.

'왜요?' 그녀가 대꾸했습니다. '그게 무슨 소용이죠? 전 당신에게 예쁘게 보였어요. 하지만 당신은 프랑스 사람이니까, 당신의 감정도 사라질 거예요. 정말이지 당신은 제가 사랑받고 싶은 대로 절 사랑하지는 않을 거예요.'

'뭐라구요?'

'속된 정열의 목적 없이 순수하게 말이에요. 전 아마 여자들보다 남자들을 훨씬 더 싫어해요. 전 우정 속으로 숨을 필요가 있어요. 제게는 세상이 사막이에요. 전 저주받은 여자입니다. 전 행복을 이해하고, 그걸 느끼고 원할 수밖에 없으나, 또한 다른 많은 사람들처럼 행복이 언제나 저에게서 도망치는 것을 볼 수밖에 없는 여자예요. 제가 당신을 속이지 않을 것이라는 것을 기억해주세요. 당신은 절 사랑하지 마세요. 전 당신을 위해 헌신적인 친구가 될 수는 있어요. 전 당신의 힘과 성격을 찬미하고 있으니까요. 전 오빠나 후원자가 필요해요. 저를 위해 그 모든 것이 되어주세요. 그러나 그 이상은 아니에요.'

'당신을 사랑하지 말라구!' 사라진느가 외쳤습니다. '하지만 이봐, 당신은 나의 인생, 나의 행복이야!'

'제가 한마디만 하면, 당신은 절 혐오하며 물리칠 겁니다.'

'귀여운 사람! 그 아무것도 날 겁나게 하지 않아. 말해봐. 당신은 나의 장래를 빼앗을 것이며, 두 달 후에는 내가 죽을 것이라고. 그리고 내가 단지 당신에게 입맞춤을 했기 때문에 천벌을 받게 될 것이라고.'

그는 잠비넬라가 정열적인 키스를 피하려고 애썼음에도 불구하고 그녀에게 입맞춤을 했습니다.

'말해. 당신은 악마라고. 당신에겐 나의 재산, 나의 성, 나의 명성 전체가 필요하다고! 당신은 내가 조각가가 아니기를 바라지? 말해.'

'만일 제가 여자가 아니라면?' 잠비넬라가 맑고 부드러운 목소리로 수줍게 물었습니다.

'멋진 농담이군!' 사라진느가 소리쳤습니다. '예술가의 눈을 속일 수 있다고 생각하나? 내가 열흘 전부터 당신의 완벽성을 탐욕스럽게 바라보고, 유심히 살피고, 찬미하지 않았나? 여자만이 이렇게 둥글고 부드러운 팔과 우아한 곡선을 가질 수 있어. 맞아! 당신은 찬사를 원하고 있는 거야!'

그녀는 슬프게 미소를 지었고, '치명적인 아름다움이여!'라고 중얼거렸습니다.

그녀는 눈을 위로 쳐들었습니다. 그 순간 그녀의 시선에 뭔지 몰라도 너무도 강렬하고 너무도 생생한 표현이 떠올랐기 때문에 사라진느는 전율하였습니다.

'프랑스 나으리.' 그녀는 말을 이었습니다. '광기의 순간을 영원히 잊으세요. 전 당신을 존경해요. 그러나 사랑만은 요구하지 마세요. 제 마음속에서는 그런 감정이 꺼져버렸어요. 전 마음이 없어요!' 그녀는 울면서 소리쳤습니다. '당신이 저를 보았던 무대, 그 갈채, 그 음악, 제가 할 수 없이 받아들였던 그 영광, 바로 그것이 저의 인생이에요. 제게 다른 것은 없어요. 몇 시간 후면 당신은 저의 이 두 눈을 더 이상 볼 수 없을 것이고, 당신이 사랑하는 여자는 죽어 있을 거예요.'

조각가는 대꾸하지 않았습니다. 그는 마음을 짓누르는 은연한 격분에 사로잡혀 있었습니다. 그는 타오르는 뜨거운 눈으로 그 기이한 여자를 바라볼 뿐이었습니다. 연약함이 깃들

인 그 목소리, 슬픔과 우수와 낙담이 드러나는 잠비넬라의
태도·매너·동작은 정열의 모든 풍요로움을 그의 영혼 속
에 일깨웠습니다. 모든 말이 자극이었습니다. 그때 그들은
프라스카티에 도착했습니다. 애인이 내리는 것을 도와주기
위해 팔을 붙들었을 때 예술가는 그녀가 몹시 떨고 있는 것
을 느꼈습니다.

 '무슨 일이오? 내 탓은 아닐지라도 당신이 나 때문에 조금
이라도 고통을 겪는다면 난 죽어버릴 거요.' 그는 그녀가 창
백해지는 것을 보며 소리쳤습니다.

 '뱀!' 그녀는 도랑을 따라 미끄러지고 있는 뱀을 가리키며
말했습니다. '전 저 끔찍한 것들이 무서워요.'

 사라진느는 뱀의 대가리를 발로 으깨어버렸습니다.

 '당신은 어떻게 그런 용기가 있으세요?' 잠비넬라가 죽은
파충류를 무척이나 두려운 눈으로 쳐다보면서 말을 이었습
니다.

 '그래도 당신은 여자가 아니라고 감히 주장하겠소?' 예술
가가 웃으며 말했습니다.

 그들은 친구들과 합류하여 루도비시 빌라의 숲속을 산보
했습니다. 그 빌라는 그 당시 치코냐라 추기경의 소유였습니
다. 사랑에 빠진 조각가에게는 그날 오전이 너무도 빨리 지
나갔습니다. 그러나 여러 가지 작은 사건들이 많이 일어났기
때문에, 그는 그 연약하고 무기력한 영혼의 교태·연약함·

청초함을 알 수 있었습니다. 그녀는 돌발적인 공포, 이유 없는 변덕, 본능적인 불안, 근거 없는 대담성, 허세, 그리고 달콤하고 예민한 감정을 지닌 여자였습니다. 이런 순간도 있었습니다. 몇몇의 유쾌한 가수들이 들판에서 돌아다니다가, 그 복장으로 보아 전혀 안심이 되지 않는 완전무장한 몇몇의 사람들을 저 멀리에서 보았습니다. '도적이다!' 라고 하는 말에 모두가 재빨리 뛰어 추기경의 빌라 안으로 숨어들었습니다. 그 위급한 순간에 사라진느는 잠비넬라의 창백한 모습을 보고서, 그녀에게 걸을 만한 힘도 없다는 것을 알았습니다. 그는 그녀의 팔을 붙잡고 한참 동안 달리면서 그녀를 부축했습니다. 인근의 포도밭에 가까이 가자 그는 애인을 땅에 내려놓았습니다.

'설명해봐요.' 그는 그녀에게 말했습니다. '다른 모든 여자들에게서는 이런 연약함이 보기 흉할 것이며 내 마음에 들지도 않을 것이고, 그 가장 작은 증거만으로도 나의 사랑을 꺼지게 하기에 충분할 텐데, 당신에게서는 어떻게 되었길래 그런 점이 나를 만족시키며 나를 매료시키는지를. 오오! 내가 당신을 얼마나 사랑하고 있는지!' 그는 말을 이었습니다. '당신의 모든 결점, 당신의 공포, 당신의 편협성들조차 뭔지 모를 매력을 당신의 영혼에 덧붙여주고 있어요. 강한 여자라면, 다시 말해 에너지와 정열이 가득 찬 용기 있는 사포 같은 여자라면 난 싫어질 거라고 느끼고 있어요. 오, 연약하고 부드러운 사람! 당신이 달리 어떤 사람일 수 있겠소? 그 천사 같은 목소리, 그 경묘한 목소리가 당신이 아닌 다른 사람의 육체에서 나온다는 것은 말이 안 되오.'

'전 당신에게 어떤 희망도 줄 수 없어요.' 그녀는 말했습니다. '그런 말씀 그만두세요. 사람들이 당신을 조롱할 거예요. 당신이 극장에 들어오는 것을 막을 수는 없지요. 그러나 당신이 절 사랑한다면, 혹은 당신이 현명한 분이라면, 더 이상 오지 마세요. 그렇게 하세요, 제발.' 그녀는 심각하게 말했습니다.

'정말이지 그만둬. 장애물은 오히려 내 마음속에 사랑의 불을 댕기니까.' 도취한 예술가가 말했습니다.

잠비넬라는 기품 있고 정숙한 태도로 있었습니다. 그러나 그녀는 마치 어떤 끔찍한 생각이 그녀에게 무언가 불행을 드러내기라도 하는 것처럼 말문을 닫았습니다.

로마로 돌아가야 했을 때 그녀는 베를린행 마차에 오르면서, 조각가에게는 사인승 마차로 혼자 돌아가라고 오만하고 잔인한 태도로 명령했습니다. 사라진느는 길을 가는 동안 잠비넬라를 유괴할 결심을 하였습니다. 그는 온종일 무척이나 엉뚱한 여러 가지 계획을 짜며 시간을 보냈습니다. 밤이 되었고, 애인이 사는 궁전이 어디에 있는지를 몇몇 사람들에게 물으러 나가려던 참에 그는 문턱에서 그의 동료 한 사람을 만났습니다.

'이보게.' 그 친구는 그에게 말했습니다. '우리 대사께서 자네를 오늘밤 그분 댁으로 초대하신다는 뜻을 대신 전하네. 그분은 멋진 음악회를 열 터인데, 그때면 자네는 알게 될 것이네. 잠비넬라가 거기에서는……'

'잠비넬라! 미치겠네!' 사라진느가 그 이름을 듣고 극도로 흥분해서 소리쳤습니다.

'자네도 모든 사람들과 똑같구먼.' 그의 동료가 그에게 대꾸했습니다.

'하지만 자네, 비엥, 로테르부르, 알그랭, 자네들이 내 친구라면, 축제가 끝난 후 나를 조금만 도와줄 수 있겠는가?' 사라진느가 물었습니다.

'추기경을 죽여야 하는 일은 아닌가?…… 아니면……'

'아니네, 아니야. 신사들이 할 수 있는 일 외에는 자네들에게 부탁하지 않네.' 사라진느가 대답했습니다.

조각가는 짧은 시간 동안에 자기의 계획이 성공할 수 있도록 모든 것을 준비했습니다. 그는 대사관저에 마지막으로 도착했습니다. 그는 로마에서 가장 대담한 마부들이 몰고, 기운찬 말들이 끄는 여행 마차를 타고 거기에 갔습니다. 관저에는 사람들이 가득했습니다. 모든 참석자들에게 알려지지도 않은 조각가가 살롱에 도달하는 데는 상당한 수고가 필요했습니다. 그때 그곳에서는 잠비넬라가 노래를 부르고 있었습니다.

'아마도 여기에 있는 추기경들·주교들·신부들을 고려해서 그녀가 남장을 하고, 머리 뒤에는 주머니를 달고, 곱슬머리를 하고, 옆구리에는 칼을 차고 있는 모양이죠?' 사라진느가 물었습니다.

'그녀! 그녀가 누구요?' 사라진느가 말을 걸었던 노귀족이 대꾸했습니다.

'잠비넬라.'

'잠비넬라!' 로마 공작이 대답했습니다. '놀리는 거요? 어디에서 오셨습니까? 로마의 무대 위에 언제 여자들이 오른 적이 있었소? 그럼 댁은 이 교황의 나라에서 여자들의 역할을 어떤 사람들이 맡는지 모르시는가요? 바로 내가 말입니다, 잠비넬라에게 그 목소리를 주었소이다. 내가 저 친구에게 모든 비용을 지불했지요. 그의 노래 선생까지 말이오. 그런데 그는 내가 준 도움에 대해 별로 감사하는 마음이 없고, 우리집에 결코 발을 들여놓으려고 하지 않았소. 그렇지만 그가 성공한다면 그건 전적으로 내 덕일 것이오.'

치기 공작은 아마도 오랫동안 말을 했었을 것이지만 사라진느는 그의 말을 듣고 있지 않았습니다. 끔찍한 진실이 그의 영혼 속으로 파고들었던 것입니다. 그는 벼락맞은 듯 아연실색했습니다. 그는 이른바 그 남자 가수에게 시선을 꽂은 채 꼼짝하지 않고 있었습니다. 타는 듯한 그의 시선은 잠비넬라에게 일종의 자력과 같은 영향을 끼쳤습니다. 왜냐하면 가수가 마침내 시선을 사라진느 쪽으로 돌리게 되었고, 그러자 그의 천상의 목소리가 변질되었기 때문입니다. 그는 떨고 있었습니다! 자기의 입에서 나오는 것으로 여겨진 무의식적인 중얼거림이 거기 모인 사람들에게서 새어나왔고, 그 소리는 그를 완전히 혼란시켰습니다. 그는 주저앉았고 노래를 중단했습니다. 치코냐라 추기경은 자신의 피보호자의 시선이 가는 방향을 곁눈질로 살피고 있다가 프랑스인을 발견했습니다. 그는 그의 성직 부관 한 사람에게 고개를 숙였고, 조각가의 이름을 묻는 것 같았습니다. 그는 원했던 답을 얻자 예술가를 무척 주의 깊게 응시하다가 어떤 신부에게 명령을 내렸습니다. 그 신부는 재빨리 사라졌습니다. 그러는 동안 잠비넬라는 마음이 진정되어, 제멋대로 중단했던 곡을 다시 부르기 시작했습니다. 그러나 노래는 잘되지 않았고, 모든 간청에도 불구하고 그는 더 이상 노래를 부르지 않겠다고 거절했습니다. 처음으로 그가 그런 변덕스런 횡포를 부렸던 것입니다. 그의 미모와 목소리에 있다고들 말하는 그의 탁월한 재능 못지않게, 그는 훗날 바로 그것 때문으로 유명해졌습니다.

'여자야.' 사라진느는 자기 혼자 있다고 생각하고 말했습니다. '뭔가 비밀스런 음모가 들어 있어. 치코냐라 추기경은 교황은 물론 로마 전체를 속이고 있어!'

조각가는 즉시 살롱에서 나왔습니다. 그는 친구들을 불러

모아 관저의 뜰에 매복시켰습니다. 잠비넬라는 사라진느가 가버린 것을 알고 안심이 되자 평정을 되찾은 것 같았습니다. 자정 무렵, 가수는 남장을 하고서 적을 찾아 여러 살롱을 배회한 후 모임을 떠났습니다. 관저의 문을 나서려는 순간 여러 남자들이 그를 능숙하게 사로잡았습니다. 그들은 손수건으로 그의 입에 재갈을 물려 사라진느가 빌린 마차에 처넣었습니다. 공포에 얼어붙은 잠비넬라는 꼼짝도 하지 못하고 한쪽 구석에 있었습니다. 죽음과 같은 침묵을 지키고 있는 예술가의 무시무시한 얼굴이 그의 앞에 나타났습니다. 가는 길은 짧았습니다. 사라진느에게 납치된 잠비넬라는 이내 어둡고 헐벗은 어떤 아틀리에에 가 있게 되었습니다. 가수는 반쯤 죽은 상태로 의자 위에 앉아 있었고, 그 앞에 있는 여자 조각상을 감히 바라보지 못했습니다. 그는 그 조각상에서 자신의 모습을 알아보았던 것입니다. 그는 한마디 말도 못 했고, 이빨만 득득 부딪치고 있었습니다. 그는 공포에 떨고 있었습니다. 사라진느는 성큼성큼 왔다갔다했습니다. 그는 갑자기 잠비넬라 앞에 멈추었습니다.

'진실을 말해.' 그는 변질된 음험한 목소리로 물었습니다. '너 여자지? 치코냐라 추기경이……'

잠비넬라는 무릎을 꿇고 고개를 숙이는 것만으로 대답했습니다.

'그래! 넌 여자야.' 예술가가 미친 듯이 소리쳤습니다. '왜

냐하면 심지어……' 그는 말을 마치지 못했습니다. '아니
야.' 그는 말을 이었습니다. '그는 그토록 비열하지는 않을
거야.'

'제발 절 죽이지 마세요.' 잠비넬라가 눈물을 흘리며 소리
쳤습니다. '저는 다만 친구들을 재미있게 해주려고 당신을
속이는 데 동의했어요. 그들은 장난을 치고 싶어했어요.'

'장난!' 조각가는 끔찍하게 큰 소리로 대꾸했습니다. '장
난, 장난이라구! 네가 감히 남자의 정열을 가지고 장난을
해, 너?"

'오오! 제발!' 잠비넬라가 대꾸했습니다.

'널 죽여버릴 거야!' 사라진느가 격렬한 동작으로 칼을 꺼
내면서 소리쳤습니다. 그러다가 그는 냉정하게 멸시하는 태
도로 말을 이었습니다. '이 단도로 널 찔러버린다고 해서 내
가 감정을 진정시킬 수 있고, 복수에 만족할 수 있겠어? 넌
아무것도 아니야. 남자건 여자건 널 죽여버리겠어! 하지
만……'

사라진느는 혐오스런 태도를 취했고, 고개를 돌리지 않을
수 없었습니다. 그러자 조각상이 눈에 들어왔습니다.

'이건 환상이야!' 그가 소리쳤습니다. 그리고는 잠비넬라
쪽으로 몸을 돌리면서 말했습니다. '내게 여자의 마음은 피
난처, 조국이었어. 너한테 너를 닮은 누이가 있나? 아니지.
그럼, 죽어!…… 아니, 아니야. 넌 살아야 해. 네 목숨을 살

려주는 건 널 죽음보다 더 나쁜 어떤 것에 바치는 게 아닐까? 내가 안타까워하는 것은 내 피, 내 삶이 아니라, 장래이고, 내 마음의 행운이지. 너의 나약한 손이 내 행복을 뒤엎어버렸어. 네가 시들게 한 모든 희망 대신에 내가 네게서 무슨 희망을 빼앗을 수 있겠는가? 넌 날 네 수준으로 실추시켜버렸어. 사랑한다는 것, 사랑받는다는 것, 그런 것들이 이제부터 내겐 아무런 의미도 없는 빈말일 뿐이야, 네게도 그렇고. 나는 실제의 여자를 보면서도 이 상상 속의 여자를 끊임없이 생각할 테니까.'

그는 절망적인 동작으로 조각상을 가리켰습니다.

'내 기억 속에는 언제까지나 내 남성적 감정에 발톱을 처박고야 말 천상의 하르퓌아 같은 괴물의 모습이 남아 있을 것이다. 그 괴물은 다른 모든 여자들에게 불완전이라는 도장을 찍고 말겠지. 괴물! 아무것에도 생명을 줄 수 없는 너, 너는 내게서 지상의 모든 여자들을 빼앗아가버리고 말았어.'

사라진느는 공포에 사로잡혀 있는 가수 앞에 가서 앉았습니다. 두 개의 큰 눈물방울이 그의 마른 눈에서 빠져나와, 그의 남성적인 두 뺨을 따라 흘러 땅으로 떨어졌습니다. 두 방울의 분노의 눈물, 쓰라리고 타는 듯한 두 방울의 눈물이.

'이제 사랑 따위는 없어! 모든 쾌락, 모든 인간적 감동이 내게선 죽어버리고 말았어.'

그는 그렇게 말하고서 망치를 집어들어 엄청난 힘으로 조각상을 향해 던졌는데 그것은 그만 빗나가고 말았습니다. 그는 자신의 광기에서 나온 그 작품을 파괴해버렸다고 생각했습니다. 그리고는 칼을 다시 집어들고, 가수를 죽이기 위해 그걸 마구 휘둘렀습니다. 잠비넬라는 날카로운 비명을 질렀습니다. 그때 세 명의 남자가 들어왔고, 조각가는 칼침 세 개를 맞고 갑자기 쓰러졌습니다.

'치코냐라 추기경의 명령이다.' 그들 중의 한 사람이 말했습니다.

'기독교도다운 은혜로군.' 프랑스인은 숨을 거두며 대꾸했습니다. 그 음침한 밀정들은 잠비넬라에게 그의 후원자가 불안해한다고 알려주었습니다. 그의 후원자는 그가 풀려나자마자 데리고 가기 위해 문 앞의 닫힌 마차 속에서 기다리고 있었던 것입니다."

"하지만." 로슈피드 부인이 내게 물었다. "우리가 랑티 씨 댁에서 본 그 땅딸보 노인과 이 이야기 사이에 무슨 관계가 있죠?"

"부인, 치코냐라 추기경은 잠비넬라 조각상의 주인이 되었고, 그걸 대리석으로 제작했습니다. 그것은 오늘날 알바니 박물관에 소장되어 있습니다. 랑티 가문이 1791년에 그것을 되찾은 것은 바로 거기에서였고, 비엥더러 그것을 그려달라고 부탁했습니다. 당신이 잠비넬라의 백 살 때의 모습을 보고 난 직후에, 스무 살의 잠비넬라를 부인에게 보여준 그 초상화는 훗날 지로데의 「엔디미온 왕」을 위해 쓰여졌지요. 당신은 그 전형을 아도니스에게서 볼 수 있었을 겁니다.”

“하지만 남자 잠비넬라인가요, 아니면 여자 잠비넬라인가요?”

“부인, 마리아니나의 종조부일 뿐입니다. 부인은 이제 랑티 부인이 재산의 근원을…… 감추려고 하는 이유를 알 수 있을 것입니다.”

“됐어요!” 부인은 내게 명령하듯 말했다.

우리는 잠시 동안 무척이나 깊은 침묵 속에 잠겨 있었다.

“그래서요?” 내가 그녀에게 말했다.

“아아!” 그녀는 일어나, 방안을 성큼성큼 돌아다니며 소리쳤다. 그녀는 내게 다가와서 나를 바라보며 달라진 목소리로 말했다. “당신은 저로 하여금 오래도록 인생과 정열을 혐오하게끔 만들었습니다. 괴물이 아니라면, 인간의 모든 감정은 그처럼 잔인한 실망에 의해 결말이 지어지지 않나요? 어머니나 아이들은 그들의 나쁜 행실로써, 아니면 그들의 냉정함으로써 우리를 죽입니다. 아내인 우리들은 배반당합니다. 애인인 우리들은 돌보아지지 않고 버림받습니다. 우정! 그런 것이 존재하나요? 저는 인생의 폭풍우 속에서도 접근할 수 없는 바위처럼 남아 있을 수 없다면, 내일이라도 당장 경건한 신자가 되겠어요. 기독교도의 장래가 여전히 환상이라고 하더라도, 그 환상은 적어도 죽은 다음에야 파괴됩니다. 저를 혼자 있게 해주세요."

"정말로 부인은 벌을 내릴 줄 아시는군요." 나는 그녀에게
말했다.

"제가 틀렸나요?"

"그래요." 나는 용기를 내서 대답했다. "이탈리아에서는 꽤
알려진 이 이야기를 끝내면서 나는, 오늘날의 문명이 이루어
낸 진보에 대한 고견을 부인에게 말씀드리는 것입니다. 우리
는 그런 불행한 사람들을 더 이상 만들어내지 않습니다."

"파리는 무척이나 대접이 좋은 곳이에요." 그녀가 말했다.
"파리는 부끄러운 재산이며, 피로 더럽혀진 재산, 그 모든
것을 받아들여요. 여기에서는 범죄와 치욕이 불가침권을 가
지고 있어요. 여기에서는 미덕에게만 그 제단이 없지요. 그
래요. 순수한 영혼은 하늘에 그의 나라가 있어요! 아무도 저
를 알아보지 못할 거예요! 저는 그것이 자랑스러워요."

그리고 후작부인은 생각에 잠겼다.

미지의 걸작

1
질레트

1612년말경 12월의 어느 추운 날 아침,[1] 외투로 보아 무척이나 보잘것없는 외모의 한 청년이 파리의 그랑조귀스탱 가에 있는 어떤 집 앞을 서성이고 있었다. 상대가 아무리 대하기 쉬운 여자였다 하더라도 남자가 자신의 첫 정부 집에 감히 나타날 수가 없어서 망설이듯 그렇게 그는 한참 동안 그 길을 걷다가 마침내 그 집 문턱을 넘어 프랑수아 포르뷔스 선생님이 숙소에 계신지 물어보았다.[2] 아래쪽 방을 쓸고 있

---

1) 이런 식의 시작 기법은 월터 스콧의 방식이다. 행동 연대는 1594년생인 푸생과 관계하여 선택된 것이다. 그의 전기에 의하면 열여덟 살 무렵 첫번째 파리행 가출을 한 것으로 되어 있다.

2) 프란즈 포르뷔스는 일명 소 포르뷔스로 1570년 안트베르펜에서 태어났다. 그는 이탈리아에 체류한 후 프랑스 궁정의 부름을 받았고 1622년에 사망하였다. 1612년에 저명한 대가가 되었기 때문에 청년이던

던 노파는 그렇다고 대답했고, 청년은 층계를 천천히 올라가면서 마치 신임 신하가 국왕이 자기에게 어떤 대접을 해줄 것인지 몰라 불안해하듯 한 계단마다 멈춰서곤 했다. 나선 계단 위에 다다르자 그는 층계참에서 잠시 동안 머물렀다. 아틀리에의 문에 달려 있는 괴상한 모양의 손잡이를 잡을까 말까 망설였기 때문이다. 그 아틀리에 안에서는 루벤스 때문에 마리 드 메디치에게서 버림받은[3] 앙리 4세의 화가가 아마도 일하고 있을 터였다. 그는 위대한 예술가들이 한창 청년기에나 예술에 대한 사랑이 절정일 무렵에 어떤 천재나 걸작품을 처음 대하고서 가슴 떨려 했을 그런 깊은 감동을 느끼고 있었다. 인간의 모든 감정에는 고귀한 열광에 의해 싹이 튼 원시적 꽃과 같은 것이 존재한다. 그러나 열광은 언제나 약화되어가게 마련이어서 급기야 행복은 한낱 추억에 불과하고 영광은 거짓에 불과하게 되고 만다. 우리의 연약한 감정 속에서 영광과 불행의 달콤한 운명의 고통을 이제 막 알기 시작한 예술가의 활기찬 정열처럼 진정 사랑을 닮은 것은 없다. 그 정열은 대담함과 소심함, 모호한 신념과 불확실한 실망으로 가득 찬 정열이다. 청년기에 재능은 있지만 돈이 없어서 스승 앞에 나타났을 때 가슴이 두근거려본 적 없는

푸생이 그를 만나고 싶어했다고 생각할 수 있다. 그는 카트린 드 메디치 왕비의 대형 전신 초상화를 그렸다.

3) 마리 드 메디치는 1620년에야 루벤스에게 말했다.

사람의 마음속에는 언제나 하나의 현이 부족하게 될 것이다. 그것은 뭐라고 표현해야 좋을까, 작품 속의 감정과 같은 것, 어떤 시정의 표현과 같은 것이다. 만일 자신감에 가득 찬 어떤 허풍선이들이 너무도 일찍 자신의 장래를 믿는다면, 그들은 바보들이 보기에나 재능 있는 사람들이다. 그런 점에서 볼 때 그 미지의 청년은 진정한 장점을 지닌 자처럼 보였다. 만일 재능을 측정하는 잣대가 그러한 애초의 소심함과 꼬집어 말할 수 없는 조심성에 있다면 말이다. 그러나 예쁜 여자들이 교태의 곡예를 익히며 수줍음을 잃듯이 영광이 보장된 자들은 자신의 예술 세계를 형성해가면서 그러한 조심성을 떨쳐버릴 수 있게 된다. 습관적인 승리는 의혹을 감소시키는데, 수줍음이란 아마도 하나의 의혹인 것이다.

그 가엾은 초심자는 가난에 짓눌려왔던 데다, 또한 그 순간에는 자신이 불손하다는 것을 느끼고 놀랐기 때문에, 그때 그에게 우연히 다가온 특별한 도움이 없었다면 앙리 4세의 훌륭한 초상화를 그린 화가[4]의 집으로 들어서지 못했으리라. 그때 어떤 노인이 계단을 올라왔던 것이다. 그의 기묘한 복장과 화려한 가슴 레이스 장식, 그리고 무척이나 무게 있

---

4) 포르뷔스는 앙리 4세의 초상화를 두 번 그렸다. 첫번째 것은 붉은 벨벳 융단 테이블 위에 놓인 투구에 장갑 낀 손을 올리고 서 있는 갑옷 차림의 국왕을 그린 것이다. 두번째 것 역시 전신 초상화인데, 왕은 검정색 벨벳 옷을 입고 있으며 손은 앞서와 마찬가지로 붉은 벨벳 테이블 위에 올려져 있다. 이 두 초상화는 무척 유명하다.

고 점잖은 걸음걸이를 보고 청년은 그 인물이 화가의 후원자나 친구일 것이라고 생각했다. 그는 충계참에서 뒤로 물러나 노인에게 길을 비켜주면서, 예술가의 좋은 성품이나 예술을 사랑하는 사람들이 갖고 있는 서글서글한 성격을 찾아내기를 기대하면서 노인을 주의 깊게 살펴보았다. 그러나 그 얼굴에는 무언가 악마적인[5] 것이 있었다. '뭔지는 모르지만' 예술가들을 유혹하는 그런 것이었다. 상상해보라. 라블레나 소크라테스의 코처럼 끝이 치켜져 올라간 작고 납작한 코와 그 위에 자리한 불룩 튀어나오다가 다시 푹 꺼진 이마, 웃음기가 담긴 주름진 입과 뾰족하게 깎은 회색 수염이 무성한 짧고 거만하게 쳐들려진 턱, 그리고 나이 탓에 얼핏 보아 흐려진 바다 녹색의 눈 속에서 이따금 분노나 감동이 폭발할 때 자기를 띤 시선이, 동공이 떠 있는 상아색 흰자위와 대조를 이루며 번득이는 모습을. 얼굴은 영혼과 육신을 다 같이 파먹어가는 그런 사유 작용과 나이로 인한 피로의 기운 탓에 유독 시들하게 말라 있었다. 눈에는 속눈썹이 없었고, 그 튀어나온 눈두덩 위로는 눈썹 자국 몇 개만 겨우 보였다. 그러한 모양의 얼굴을 호리호리하고 허약한 몸뚱이 위에 올려놓고, 그 머리에는 생선 나이프처럼 만들어진 흰색의 반짝이는 레이스를 두르고, 검정색 저고리 위에는 무거운 금줄을 늘어

---

5) 이 형용사는 환상적인 이야기에 거의 상례적으로 나온다.

뜨려보라. 그러면 여러분은 층계의 희미한 빛에 의해 여전히 환상적인 색채를 띠고 있는 이 인물에 대해 불완전하나마 어떤 이미지를 갖게 될 것이다. 이 위대한 화가가 지니고 있는 어두운 분위기를 보고서 여러분은 틀 밖으로 나와 조용히 걷고 있는 렘브란트의 그림 한 폭을 보는 듯할 것이다. 그는 청년에게 날카로운 시선을 던지고 문을 세 번 두드리고는, 문을 열어주러 온 마흔 살 가량[6]의 병약한 남자에게 "안녕하신가, 선생" 하고 말했다.

포르뷔스는 공손하게 인사를 했다. 그리고는 노인이 청년을 데리고 온 거라고 생각하고 그도 들어오게 했다. 그 신출내기는 타고난 화가들이라면 그들이 접한 첫번째 아틀리에서 예술의 질료적 방식 몇 가지가 드러나는 것을 보고서 틀림없이 느낄 그러한 마력에 사로잡혀 있었기 때문에, 포르뷔스는 그만큼 청년에게 신경을 별로 쓰지 않았다. 둥근 천장의 열린 유리창으로 들어온 빛이 포르뷔스 선생의 아틀리에를 비추고 있었다. 그 빛은 서너 개의 흰색 선만 칠해진 채로 작업대에 걸려 있는 그림 한 폭에 집중되었으며, 그 커다란 방 모퉁이들의 컴컴한 구석까지는 가 닿지 않았다. 그러나 몇 가닥 반사광이 흩어지며 벽에 매달린 독일 기병의 갑옷의 복부에서 은빛 조각 하나를 그 다갈색 기운의 음영 속

---

6) 프란즈 포르뷔스는 1612년에 실제로 42살이었다.

에서 밝히고 있거나, 혹은 기묘한 접시들로 가득 찬 고풍스러운 식기대의, 조각하여 밀랍칠을 한 돌출부를 느닷없는 한 줄기 빛으로 비추거나, 혹은 거기에 돋을새김처럼 던져져 있는 큰 주름들로 끊어진 낡은 금빛 수단 커튼에서 몇 가닥 오톨도톨한 씨실을 찌르듯 비추며 번쩍이는 반점들을 찍어내거나 하고 있었다. 시렁과 까치발 테이블 위에는 석고 박피 표본과, 수백 년의 입맞춤에 의해 요염하게 윤이 나고 있는 고대 여신들의 상반신상과 파편들이 흩어져 있었다. 벽에는 수많은 밑그림과 붉은 연필이나 펜을 사용한 삼색의 습작[7] 들이 천장까지 덮고 있었다. 바닥에는 물감 상자와 오일이나 휘발유를 담은 병, 그리고 엎어진 사다리 발판 같은 것들이 널려 있어 높은 스테인드글라스로부터 비치는 후광 아래까지 가려면 좁은 통로밖에 남아 있지 않았다. 그 스테인드글라스의 빛은 포르뷔스의 창백한 얼굴과 기이한 남자의 상앗빛 두개골 위로 가득 떨어지고 있었다. 청년은 이내 어떤 그림 하나에만 주의를 기울였다. 그 그림은 그 혼란과 혁명의 시절에 이미 유명해진 것으로서, 불행한 세월 동안 신성한 불꽃을 보존해온 그런 고집스런 사람들 몇몇이 보러 오곤 하

---

7) 삼색의 습작이란 착색된 종위 위에 흰색과 세피아 갈색, 그리고 검정색을 써서 그린 데생을 말한다. 이 기법은 클루에에 의해 시작되었고, 17세기까지는 별로 사용되지 않았지만, 포르뷔스의 제자 중의 한 사람인 홀바인도 그것을 이용하였다.

던 그림이었다. 그 아름다운 그림은 뱃삯을 치르려고 하는 '이집트인 마리아'를 그린 것이었다.[8] 그 걸작은 마리 드 메디치에게 헌정되었으나, 그녀는 그것을 곤궁하던 시절 팔아치웠다.

"자네의 성녀가 내 맘에 드네." 노인이 포르뷔스에게 말했다. "왕비가 주는 값에 금화 십 에퀴를 더 얹어주겠네. 헌데 그녀와 경쟁을 해?…… 빌어먹을!"

"좋아 보입니까?"

"그래, 그래." 노인이 말했다. "좋으냐고? 그렇기도 하고 아니기도 해. 자네가 이 착한 여자를 잘못 손에 넣은 것은 아니네만, 그녀는 살아 있지 않아. 자네들은 말이야, 형상을 정확히 그려내고, 각각의 것을 해부학의 법칙에 따라 제자리에 놓으면 모든 것을 다 했다고 생각한단 말이야![9] 자네들은 팔

---

8) '이집트인 마리아'는 발자크가 「철학적 연구」에서 주로 다루고 있는 바의, 과도한 관념과 정열의 파괴적 결과라는 주제를 보여주는 또 하나의 예로 이해할 수 있다. 왜냐하면 전설에 나오는 마리아는 두 번에 걸쳐 과잉의 희생자였기 때문이다. 먼저 기질의 과도함이다. 그녀가 열일곱 살에 몸을 판 것은 오로지 억제할 수 없는 자신의 격정적인 정열을 만족시키기 위해서였고, 또한 거기에 도달할 수 있는 가장 확실한 방법은 방탕자들에게 몸을 거저 내맡기는 것이라고 그녀가 생각했었기 때문이다. 다음으로는 반대 방향의 과잉을 들 수 있는데, 이 성녀에 대해 가장 널리 퍼진 이미지는 고행에 의해 파괴된 알몸의 속죄자 이미지이다.

9) 여기에서 우리는 디드로가 발자크에게 끼친 영향을 생각해볼 수 있

레트에서 미리 만든 살색으로 이런 선을 칠하면서 어느 한쪽을 다른 쪽보다 더 어둡게 유지하려고 주의하지. 그리고 자네들은 테이블 위에 서 있는 알몸의 여자를 가끔씩 쳐다보는 것 때문에 자연의 실물을 그대로 베꼈다고 생각하며, 그리고는 자기가 화가이며 신의 비밀을 캐냈다고 생각하는 것이네!……[10] 하지만 아니야! 위대한 시인이 되기 위해서는 구문론을 철저히 알고 언어상의 오류를 범하지 않는 것만으로는 충분하지 않네! 자네의 성녀를 보게나, 포르뷔스. 처음 보기에는 훌륭하네. 하지만 두번째로 보면, 성녀가 캔버스에 달라붙어 있고, 그래서 몸뚱이를 모든 각도에서 볼 수 없다는 것을 알게 되지. 이것은 한 면만 가지고 있는 실루엣이고, 윤곽만 드러나는 가상이므로 돌아볼 수도 자세를 바꿀 수도 없어. 나는 이 팔과 그림의 바탕 사이에서 여백을 느낄 수가 없네.[11] 공간과 깊이가 결여되어 있어. 그렇지만 멀리서 보면 모든 것이 좋고, 여백의 점감이 정확히 지켜져 있네. 그러

다. 디드로는 그의 「분리된 여러 사고들」에서 "해부학에 대한 깊은 연구는 예술가들을 완전하게 하기보다는 오히려 더 망쳤다"라고 말을 하며, 「회화론」에서도 그와 유사한 말을 하고 있다.

10) 여기에서도 디드로의 영향이 두드러진다. 그는 「살롱」에서, 그림은 그것이 생의 환상을 줄 때만 성공한다라고 하는 생각을 되풀이 말하고 있다.

11) 테오필 고티에도 이와 유사한 말을 하고 있으나, 디드로의 영향이 더 크다.

나 그토록 칭찬할 만한 노력들에도 불구하고, 이 아름다운 육체에 따뜻한 생명의 숨결이 불어넣어져 있다고는 생각되지 않네. 너무도 확고하게 둥근 이 목에 손을 대보면 대리석처럼 차갑게 느껴질 것 같네! 그래, 보게나. 이 상앗빛 살갗 아래로는 피가 흐르지 않네. 관자놀이와 가슴의 투명한 호박색 아래로 그물처럼 서로 얽혀 있는 작은 섬유질과 혈관에 존재의 그 주홍빛 핏방울이 채워져 있지 않네. 이 부분은 고동치지만, 여기 다른 한쪽은 움직임이 없어. 각각의 세세한 부분에서 삶과 죽음이 싸우고 있는 셈이지. 여긴 여자고, 저긴 조각이고, 더 먼 곳은 시체야. 자네의 창작은 불완전해. 자넨 자네의 소중한 작품에 영혼의 한 부분밖에 불어넣지 않았어. 프로메테우스의 횃불이 자네 손안에서 여러 차례 꺼져버렸네. 자네 그림의 많은 부분이 천상의 불길에 닿지 못한 것이네."

"하지만, 왜 그렇습니까, 선생님?" 포르뷔스가 노인에게 공손히 말했다. 그 사이 청년은 노인을 때려주고 싶은 강한 욕망을 겨우 억누르고 있었다.

"들어보게." 키 작은 노인이 말했다. "자넨 두 체계 사이에서, 데생과 색깔 사이에서 망설였고, 섬세한 냉정함, 즉 옛 독일 대가들의 정확한 엄격함과, 눈부신 열정, 즉 이탈리아 화가들의 알맞은 풍성함 사이에서 우유부단하게 망설였네. 자넨 한스 홀바인과 티티엥, 알브레히트 뒤러와 폴 베로네즈를 동시에 모방하고자 했어. 분명히 그건 훌륭한 야심이었네! 하지만 어떻게 되었는가? 자넨 엄격한 무미건조함의 매력도, 눈을 속일 만한 명암의 마술도 갖지 못했어. 이 부분에서는 자네가 흘려넣은 티티엥의 풍요로운 황금색이 알브레히트 뒤러의 메마른 윤곽을 터트려버렸네. 마치 용해된 청동이 너무 약한 주형을 터뜨려버리는 것처럼 말이네. 게다가 윤곽은 사라지지 않고 남아, 베네치아풍 색채의 넘쳐흐르는 현란함을 억눌러버렸지. 자네의 형상은 그 데생이 완전하지도 않고 채색도 완전하지 않으며, 그런 유감스러운 망설임의 흔적들을 여기저기 지니고 있네. 자네가 그 두 가지 대립적인 방식을 자네 재능의 불꽃으로 함께 용해시킬 수 있을 만큼 충분한 능력이 없다고 느꼈다면, 자넨 그 중 어느 것 하나를 솔직하게 선택했어야 했어. 생명력의 조건인 것처럼 보이는 통일성을 얻기 위하여 말이네. 자넨 그림의 가운데 부분에서만 진실되네. 그 반면에 주변은 부자연스럽고 잘 포장되질 않아서 그 배후에는 아무것도 감추어져 있지를 않아. 하지만 여기는 진실하네." 노인이 성녀의 가슴을 가리키며 말했다. "그리고 여기도." 그가 그림의 어깨가 끝나는 지점을 가리키며 말을 이었다. "하지만 저쪽은 모두 틀렸어." 그가 목의 가운데 부분으로 되돌아오면서 말했다. "더 이상 아무것도 분석하지 말자구. 자넬 실망시키기만 할 테니까."

노인은 걸상에 앉아 손으로 머리를 감싼 채 말이 없었다.

"선생님." 포르뷔스가 그에게 말했다. "그렇지만 전 나체를 보고서 이 목 부분을 잘 연구했습니다. 그러나 불행히도 자연에는, 캔버스에선 더 이상 가능하지 않은 진실성의 효과가 있어서……"

"예술의 임무는 자연을 모방하는 것이 아니라 그것을 표현해내는 것이야! 자넨 비열한 모방자가 아니라 시인이란 말일세!" 노인이 난폭한 동작으로 포르뷔스의 말을 가로막으면서 격하게 소리질렀다. "달리 말해서, 조각가라면 여자를 주조하기만 하면 모든 작업이 끝나지! 좋아, 자네 애인의 손을 주조하여 자네 앞에 놓아보도록 하게. 자넨 유사점이란 조금치도 없는 끔찍한 시체를 보게 될 것이네. 그러면 자넨 자네에게 그것을 정확하게 모방해주는 대신 그 동작과 생명을 나타내줄 사람의 끌을 찾으러 가야만 할 걸세. 우린 사물과 존재의 정신·영혼·용모를 포착해야 하네. 효과! 효과를! 하지만, 그것은 생명의 부수물이지 생명 자체는 아니야. 내가 아까 그 예를 들었기 때문인데, 손은 말이네 육체에 속할 뿐만 아니라, 포착하여 제시해야 하는 사상을 표현하고, 또한 그것을 확장시키기도 한다네. 화가·시인·조각가, 그 누구도 결과와 원인을 분리시켜서는 안 돼. 그 둘은 어찌할 수 없을 만큼 서로의 내부에 있는 것이네! 진짜 싸움은 거기에 있네. 많은 화가들이 예술의 그런 주제는 모르는 채 본능적으로나 성공을 거두지. 자네들은 여자를 그리기는 하지만 보지는 못해! 그렇게 해서는 자연의 비밀을 손에 넣을 수가 없어.[12] 자네들의 손은 스승의 그림에서 모방한 모델을 재생하고 있을 뿐이네. 자네들이 그렇게 생각하고 있지 않더라도 말이네. 자네들은 형태의 내부까지 충분히 내려가지는 않으며,[13] 또한 그것의 굴곡과 원근법을 충분한 애정과 끈기를 가지고 추적해보지 않네. 아름다움이란 그렇게 해서는 전혀 도달할 수 없는 엄격하고 지난한 것이야. 그것이 드러나는 시간을 기다렸다가 그것을 엿보고 압축하여, 스스로 드러나도록 긴밀하게 얽어매야 하는 것이네. 형태란 그것의 숨겨진 부분이 신화 속의 프로테우스보다 훨씬 더 포착하기 어렵고 훨씬 더 풍부한 프로테우스인 셈이네. 긴 투쟁의 끝에 가서야 형태를 진정한 제 모습으로 드러낼 수 있게 되는 거야. 자네들은 말이야, 보이는 첫번째 외관으로 만족해버리거나, 기껏해야 두세번째 것으로 만족해버리지. 승리를 거두는 투사들은 그렇게 하지 않아! 패배한 적이 없는 그런 화가들은 그

---

12) 여기에서의 '비밀' 은 스베덴보리적인 의미를 갖는 표현으로, 외관세계 뒤에 존재하는 것을 가리킨다.

13) 이 '형태' 라는 단어는 위의 '비밀' 과 마찬가지로 스베덴보리적 의미를 갖는데, 스베덴보리는 아리스토텔레스 철학에 입각하여 형식과 물질간의 구분을 실현하고자 한다. 그에 의하면 창조된 모든 사물의 결정과 목적은 그 형태에서 나온다. 형태의 내부로 내려간다는 것은 현상의 모델을 만든 그 내적인 원리까지 가본다는 의미이다.

따위 구실에 속아 넘어가지 않아. 그들은 자연이 적나라하게 진정한 정신 안에서 드러나게 될 때까지 끝까지 밀고 나가는 것이네. 라파엘은 그렇게 했었지." 노인은 미술의 제왕에게 경의를 표하기 위해서 검은 벨벳 모자를 벗으며 말했다. "그의 위대한 우수성은 내적인 의미에서 비롯되는데, 그의 그림에서는 그 내적인 의미가 형태를 부수고자 하는 것처럼 보인다네. 형태란 그것의 형상으로 볼 때는 우리들의 내부에 있는 것으로서, 관념과 감각을 서로 소통하기 위한 표현 수단이며, 방대한 시정이라네.[14] 모든 형상이란 하나의 세계, 하나의 초상화라네. 그것의 모델은 빛을 띠고 숭고한 비전으로 나타나며, 내적인 목소리에 의해 결정이 되는 것이며, 또한 과거의 삶 전체에서 표현의 원천을 가리켜 보여준 바 있는 어떤 천상의 손가락에 의해서 면밀히 검토되는 것이라네.[15] 자네들은 자네들의 여자에게 아름다운 드레스와 멋진 머리 주름을 만들어주기는 하지만, 평온이나 정열을 만들어내는 피, 특별한 효과의 원인이 되는 피는 어디에 흐르고 있는가? 자네의 성녀는 갈색 머리의 여자인데, 이것은 말이네 가엾은 포르뷔스, 금발이야! 자네들의 형상은 이처럼 창백한 채색

---

14) 여기에서의 '형태'는 프렌호퍼가 앞에서 부여한 형이상학적 의미는 가지고 있지 않다.
15) 디드로 역시 진정한 예술가는 자신의 바깥보다는 자신의 내부를 들여다본다고 말한다.

유령인데도, 자네들은 그것을 우리 앞에 보여주고는 회화요 예술이라고 부르고 있네. 자네들은 예컨대 집이라기보다는 여자를 더 닮은 어떤 것을 그렸다고 해서 목표를 달성했다고 생각하는 것이며, 자네들의 형상 곁에 초기의 화가들이 했던 것처럼 '우아한 수레,' 혹은 '아름다운 남자'라고 쓰지 않아도 되는 것을 자랑스러워하면서 스스로를 훌륭한 화가라고 생각하는 것이네! 하하! 자네들은 아직 그렇지 못해, 친구들. 거기에 도달하려면 많은 크레용을 사용해야 하고, 많은 캔버스를 메워야 할 것이네. 여자란 분명히 머리는 이런 식으로 하고 있고, 스커트는 이렇게 입혀져 있으며, 또한 눈은 이런 식의 체념 어린 유순한 표정으로 맥이 풀려 누그러져 있고, 속눈썹의 파닥거리는 음영은 이런 식으로 뺨 위에서 흔들리고 있지! 바로 그것이지만, 그게 아니기도 해. 무엇이 결여되어 있는가? 사소한 것이지. 하지만 그 사소한 것이 전체라네. 자네들은 생명의 외관은 가졌지만, 그것의 넘치는 생명력, 즉 뭔지는 몰라도 아마도 영혼이며, 외피 위에서 흐릿하게 떠돌고 있는 바로 그것을 표현하지는 못하지. 요컨대, 티티엥과 라파엘이 간파한 그 생명의 꽃을 말이네. 자네들이 도달한 그 극점으로부터 출발하면 아마도 훌륭한 그림을 그릴 수 있을 것이네. 하지만 자네들은 너무도 빨리 지쳐버려. 속된 자는 찬미하지만, 진정한 전문가는 웃음을 짓고 말지. 오, 마뷔즈! 오, 나의 스승이여!" 그 이상한 사람은 덧

붙여 말했다. "그대는 도적, 그대는 생명을 빼앗아가버렸
어!" 그가 말을 이었다. "그 점을 제외하면 이 그림은 그 루
벤스라는 놈의 그림보다 훨씬 나아. 주홍색이 뿌려진 산더미
같은 플랑드르 고깃덩이에, 다갈색의 머리결과, 또 심한 원
색을 함부로 노출시킨 그 친구보다는. 적어도 자넨 미술의 본
질적 3요소인 색채·감정·데생은 갖추고 있으니까 말이야."

"하지만 이 성녀는 숭고합니다, 영감님!" 청년이 깊은 공상
에서 빠져나오면서 큰 소리로 외쳤다. "이 두 형상, 성녀의
형상과 뱃사공의 형상은 이탈리아 화가들에게는 알려지지
않은 섬세한 의도를 띠고 있습니다. 저는 뱃사공의 망설임을
꾸며낸 그림[16]을 단 하나도 알지 못합니다."

"이 젊은 친구는 선생님 제자입니까?" 포르뷔스가 노인에
게 물었다.

"아아! 선생님, 저의 방종함을 용서하십시오." 신출내기가
얼굴을 붉히며 대답했다. "전 무명이고, 직관에 의지하는 서
투른 화가입니다. 모든 학문의 원천인 이 도시에는 조금 전
에야 도착했습니다."

"한번 그려보게!" 포르뷔스가 그에게 붉은 크레용과 종이
한 장을 주면서 말했다.

미지의 청년은 마리아의 윤곽선을 민첩하게 그렸다.

---

16) 발자크는 이집트인 마리아가 뱃삯을 지불하는 전설을 참조하고 있다.

"오! 오!" 노인이 외쳤다. "그대의 이름은?"

청년은 아래쪽에 '니콜라 푸생'이라고 썼다.

"초보자로는 괜찮은 편이군." 미친 듯이 떠들던 그 이상한 사람이 말했다. "자네 앞에서는 그림에 대해 말해도 될 것 같군. 자네가 포르뷔스의 성녀를 찬양했다고 나무라는 것이 아니네. 이것은 누가 보아도 걸작이기 때문에, 가장 내밀한 예술의 비밀에 입문한 사람들만이 그 어디에 결점이 있는지 발견할 수 있지. 하지만 자네가 배울 만한 자격이 있고 또한 이해할 능력이 있으니까, 이 작품을 완성하기 위해서는 얼마나 하찮은 것이 필요한가 보여주겠네. 눈을 크게 뜨고 잘 보라구. 이렇게 자네를 가르쳐줄 수 있는 기회가 아마 다시는 없을 테니까. 팔레트 주게, 포르뷔스."

포르뷔스는 팔레트와 붓을 찾으러 갔다. 키 작은 노인은 격렬하고도 발작적인 동작으로 옷소매를 걷어올리고 포르뷔스가 내민 알록달록한 물감 팔레트에 엄지손가락을 집어 넣고는, 포르뷔스에게서 갖가지 크기의 화필 한 줌을 빼앗다시피 받아들었다. 그때 뾰족하게 깎은 그의 턱수염이 갑자기 움직였는데, 그것은 갑작스러운 환상에 빠져 솟구쳐오르는 욕망을 누르고자 하는 절박한 자기 억제 때문이었다. 그는 붓에 물감을 묻히면서 입속말로 중얼거렸다. "이따위 것은 이걸 만들어낸 녀석과 함께 창밖으로 내던져버려야 할 색조로군. 불쾌하기 짝이 없게 격렬하고 기만적인 색조야. 이런 것들을 가지고 어떻게 그려?" 그는 무척 흥분된 격한 동작으로 붓끝을 여러 가지 다른 색깔 더미에 담그며 가끔씩 그 전체 색계를 훑어내렸다. 그 동작은 성당 오르간 연주자가 부활절의 「오, 아들과 딸」[17]을 연주할 때 건반 음역을 훑어가는 것보다도 더 재빨랐다.

포르뷔스와 푸생은 뜨겁게 달아오른 시선으로 응시하면서 각자 캔버스의 한쪽에서 꼼짝도 않고 있었다.

"보게나, 젊은이." 노인이 뒤돌아보지 않고 말했다. "이 짙은 분위기 속에서 숨이 막히게 갇혀 있는 느낌이 들었을 이 가엾은 성녀의 머리 주위에 서너 번의 터치와 연푸른색의 밝은 빛으로 어떻게 공기를 돌게 할 수 있었는지 알겠는가? 이 옷주름이 지금은 어떻게 펄럭이는지, 그리고 미풍에 그것이 들추어지는 모습이 어떻게 이해되는지 보라구! 전에는 이것이 뻣뻣하게 핀으로 고정된 캔버스 같았지. 이제는 내가 방금 전에 가슴에 넣은 비단 같은 광택이 어떻게 소녀 피부에 매끄러운 유연성을 만들어내는지, 그리고 홍갈색과 석회빛 황갈색을 섞은 색조가 피가 흐르지 않고 응고되었던 이 큰 음영의 잿빛 차가움을 어떻게 따뜻하게 덥혀주는지 보라구. 이보게 젊은이, 내가 여기에서 보여주는 것은 그 어떤 선생도 가르쳐줄 수 없을 것이네. 마뷔즈만이 형상에 생명을 불

---

17) 크리스트의 부활을 축하하는 부활절 찬가로, 프란체스코 수사인 장 티세랑이 그 대부분을 15세기에 만들었다.

어넣는 비밀을 알고 있었지. 마뷔즈에게는 제자가 단 한 사람뿐이었는데, 그게 바로 나야. 나는 제자가 없었어. 그리고 난 늙었어! 자넨 언뜻 본 것으로 그 나머지를 알아챌 수 있는 이해력을 충분히 지니고 있네."

그 이상한 노인은 말을 하면서 그림의 전부분에 붓칠을 했다. 여기에는 두 번의 붓칠, 저기에는 단 한 번을 했는데도, 언제나 너무나 적절했기 때문에 흡사 새 그림이, 빛으로 가득 찬 새 그림이 된 것 같았다. 그는 벗겨진 이마에 땀방울이 맺힐 만큼 정열적으로 열심히 작업했다. 노인은 무척이나 참을성 없고 급격한 작은 동작으로 너무도 빨리 진행했기 때문에, 젊은 푸생에게는 마치 그 기이한 인물의 육체 안에 악마가 들어 있는 것처럼 여겨졌다. 그 악마는 그의 손을 본의 아니게 환상적으로 움직이게 만드는 것이었다. 초자연적인 눈의 섬광, 지탱력의 결과인 듯한 발작적인 경련을 보고서 젊은이는 그런 생각이 참으로 맞다고 상상했다. 노인이 계속하면서 말했다. "찰싹, 찰싹, 찰싹! 바로 이런 식으로 발라져야 해, 젊은이! 자아, 작은 터치여, 이 얼음 같은 색조를 다갈색으로 만들어주렴! 자아, 자! 퐁! 퐁! 퐁!" 그는 생명이 결여되었다고 지적했던 부분들을 선명하게 만들면서, 몇 부분의 색칠로 화질의 차이를 사라지게 하면서, 그리하여 강렬한 이집트 여인에게 필요한 색조의 통일성을 회복시키면서 말했다. "보라구, 젊은 친구. 중요한 건 마지막 붓칠밖에 없어. 포르뷔스는 백 번을 칠했지만, 난 단 한차례만 칠했어. 누구도 안에 감추어져 있는 것에 대해 만족을 표하지 않지. 그걸 잘 알아두라구!"

그 악마는 마침내 멈추었고, 말없이 찬탄해 마지않는 포르뷔스와 푸생을 돌아보며 말했다. "이게 아직은 나의 카트린 레스코만큼은 못 되지만, 그래도 이런 작품에 사인을 할 수는 있지. 그래, 서명하겠네." 그는 일어나 거울을 집어 들여다보면서 덧붙였다. "이제, 식사하러 가지." 그가 말했다. "자네 둘 다 내 숙소로 가자구. 훈제 햄과 좋은 술이 있어! 음! 음! 불행한 시절이지만 그림 이야기나 하자구! 우린 능력이 있어. 이 젊은 친구는 재능이 있단 말이야." 그가 니콜라 푸생의 어깨를 두드리며 덧붙였다.

그는 그때 노르망디인[18]의 초라한 외투를 보고서 허리띠에서 가죽 지갑을 꺼냈다. 그리고는 그것을 뒤져 금화 두 닢을 내보이면서 "내가 자네의 데생을 사겠네"라고 말했다.

"받게나." 포르뷔스는 소스라치며 부끄러움에 얼굴을 붉히고 있는 푸생을 보면서 말했다. 그 가난한 친구가 자랑스러웠기 때문이었다. "자, 받으라구. 이분은 두 분의 왕에 해당하는 몸값을 지갑 안에 갖고 계셔!"

세 사람은 아틀리에에서 내려와, 예술에 대해 한담하면서

---

18) 니콜라 푸생은 앙들리스 지역에서 태어났다.

생 미셸 다리 근처에 있는 근사한 목조 가옥까지 걸어갔다. 푸생은 그 집의 장식이며, 문망치, 십자 창문틀, 아라베스크 무늬를 보고 경탄했다. 장래가 촉망되는 화가는 따뜻한 불이 있는 아래층 홀로 불쑥 들어가 맛있는 요리가 가득 찬 테이블 가까이에 가 있었다. 그는 무척이나 행복하게도 호의로 가득 찬 두 사람의 위대한 예술가들과 함께 있었다.

"젊은이." 어느 그림 앞에서 경탄하며 서 있는 그를 보며 포르뷔스가 말했다. "그 그림을 너무 쳐다보지 말게. 절망에 빠질 테니까."

그것은 마뷔즈가 빚쟁이들 때문에 너무도 오랫동안 처박혀 있던 감옥에서부터 빠져나오기 위해 그렸던 '아담'[19]이었다. 그 그림은 과연 너무도 강력한 현실감을 보여주고 있었기 때문에, 니콜라 푸생은 그 순간부터 노인이 쏟아냈던 혼란스런 말의 의미를 깨닫기 시작했다. 노인은 그 그림을 만족스러운 표정으로, 그러나 열광하지 않고 바라보았는데, '내가 더 잘 그렸어!' 라고 말하는 듯했다.

"생명이 살아 있지." 그가 말했다. "가엾은 우리 선생님은

---

19) 일명 마뷔즈 혹은 마뷔즈인 플랑드르의 화가 장 가사에르는 1499년에 태어나 1562년에 죽었다. 그는 영국, 이탈리아에서 살다가, 부르고뉴의 필립 공 곁 미델부르에 정착했다. 전기에 따르면 그는 발자크가 암시하고 있는 것과는 달리 빚보다는 술주정 등의 비행 때문에 옥살이를 하였다. 그의 그림 중의 하나인 「숙명적인 나무 곁의 아담과 이브」는 베를린 박물관에 소장되어 있다.

놀라운 힘을 발휘했어. 하지만 그림의 바탕에는 아직도 약간의 진실이 결여되어 있어. 사람은 분명 살아 있고, 일어나서 우리에게 다가오려고 하지. 그러나 우리가 숨쉬고 보고 느끼는 공기와 하늘과 바람이 없어. 그리고 여기에는 사람밖에 없지! 헌데, 신의 손아귀에서 막 빠져나온 유일한 인간은 무언가 신성한 것을 가지고 있어야 하는데, 그것이 결여되어 있는 거야. 마뷔즈 그분도 술에 취해 있지 않을 때는 분통을 터뜨리며 그런 말씀을 하곤 했었지."

푸생은 노인과 포르뷔스를 불안스러운 호기심으로 번갈아 바라보았다. 그는 그 주인의 이름을 물어보기라도 할 것처럼 포르뷔스에게 다가갔다. 그러나 화가는 손가락을 입에 대며 말을 막았고, 청년은 몹시 궁금했지만 주인의 이름을 알게 해줄 어떤 단어가 조만간 튀어나올 것이라고 기대하면서 침묵을 지켰다. 그 주인의 부와 재능은 포르뷔스가 표시한 존경심과 그 홀에 가득 쌓인 경이로운 것들에 의해 충분히 입증되고 있었다.

푸생은 어두운 색의 떡갈나무 판 위에 있는 훌륭한 여자 초상화를 보면서 소리질렀다. "참으로 멋진 지오르지오네 그림이로군요!"[20]

---

20) 베네치아파의 화가인 지오르지오 바르바렐리는 1478년에 태어나 1511년까지 살았으며, 지오르지오네라고도 불렸다. 디드로에 의하면 그는 위대한 채색 화가이다.

"아닐세!" 노인이 대답했다. "내가 초기에 그린 서투른 그림이라네."

"제기랄! 그럼 전 회화의 신의 집에 와 있는 거군요." 푸생이 순진하게 말했다.

노인은 그런 찬사에 오래 전부터 익숙해진 사람처럼 미소 지었다.

"프렌호퍼 선생님!" 포르뷔스가 말했다. "선생님의 맛좋은 라인 포도주를 조금만 가져오게 하시지 않겠습니까?"

"두 파이프[21] 대령하지." 노인이 대답했다. "한 파이프는 내가 오늘 아침 자네의 귀여운 여자 죄인을 보고서 맛보았던 즐거움을 보상하기 위해서이고, 그리고 또 한 파이프는 우정의 선물이지."

"아아! 제가 계속 몸이 불편하지만 않다면, 그리고 선생님께서 선생님의 '정부'를 보여주신다면, 전 실물 크기 형상을 가진 높고, 넓고, 깊은 그림을 그릴 수 있을 텐데요." 포르뷔스가 말했다.

"내 작품을 보여달라고?" 노인은 무척 흥분하며 소리쳤다. "안 돼, 안 돼, 아직 더 완성해야 돼. 난 어제 저녁 무렵에는 끝냈다고 생각했지. 그녀의 눈은 축축해 보였고 몸뚱이는 흔들렸어. 땋아늘인 머리는 움직이고 있었어. 그녀는 숨을 쉬

____

21) 파이프는 큰 술통인데, 용량은 420리터에서 710리터까지 다양하다.

고 있었다구! 비록 내가 평평한 캔버스 위에 실물의 입체감과 둥근 형태를 실현시킬 방법을 찾아내기는 했었지만, 오늘 아침 밝은 빛에서 보고는 내 잘못을 알아냈네. 아아! 그런 영광스런 결과에 도달하기 위해서 난 채색법의 대가들을 철저히 연구했고, 빛의 왕인 티티엥 그림의 터치를 하나하나씩 분석하고 확인해보았어. 난 그 최고의 화가처럼 부드럽고 풍부한 물감 반죽을 써서 밝은 색조로 형상의 윤곽을 잡았네. 왜냐하면 음영은 부수적인 효과일 뿐이니까. 그걸 명심하라구, 젊은 친구. 그 다음에 난 내 작업으로 돌아왔고, 투명성을 점점 줄인 밝고 연한 색깔과 반농담을 사용하여 무척이나 뚜렷한 음영을 주어, 그것을 가장 짙은 검정색으로 만들었네. 왜냐하면 평범한 화가들의 음영은 그들의 밝은 색조와는 다른 성질의 것이니까. 그것은 음영 속의 살색을 제외하고는 나무색이나 청동색이나 자네들이 바라는 어떤 것이든 되겠지. 그들의 형상이 자세를 바꾸기만 해도 그늘진 곳은 맑아지지 않고, 또한 밝아지지 않는다는 것을 느낄 수 있어. 나는 꽤나 저명한 사람들마저도 많이 빠지는 그런 결점을 피할 수 있었고, 그래서 내 그림에서는 불투명하고 가장 강한 음영 아래에서도 흰색이 드러나는 것이지! 정성스레 잘린 선을 만들었으니까 올바르게 그렸다고 생각하는 수많은 무식쟁이들이 하는 것과는 달리, 난 형상의 바깥 테두리를 무미건조하게 표시하지 않고 가장 작은 해부학적 세부 사항까지도 강조

했네. 인간의 육체는 선으로 끝나는 것이 아니니까. 그 점에 있어서는 조각가들이 우리들보다 더 진실에 접근할 수 있는 것이네. 자연의 실물은 일련의 둥근 형태를 포함하고 있는데, 그것들은 서로가 서로를 감싸고 있다네. 엄격히 말하자면 데생은 존재하지 않아! 웃지 말게, 젊은이! 이런 말이 아무리 이상하게 들릴지라도 자넨 언젠가 그 뜻을 이해하게 될 것일세. 인간이 대상에 대한 빛의 효과를 이해하는 방법이 바로 선이라네. 하지만 모든 것이 가득 찬 자연에는 선이 없다네. 우리는 형상을 빚음으로써, 말하자면 사물을 그것이 놓인 배경에서 떼어냄으로써 데생을 하는 것이므로, 빛의 분배만이 육체에 외관을 부여하지! 그래서 난 윤곽선을 계속해서 그렸고, 윤곽 위에 따뜻한 금발의 반농담 암영을 퍼뜨려 윤곽과 바탕이 서로 만나는 곳을 정확히 짚어낼 수 없게 만들었네. 이 작품은 가까이에서 보면 보풀이 일고 정확성이 결여된 듯하지만, 두 발자국만 떨어져서 보면, 모든 것은 굳어지고, 정지되고, 부각되네. 육체는 움직임을 보이고, 형태는 두드러지며, 주변 전체에 공기가 순환하는 것이 느껴지지. 그렇지만 난 아직 만족하지 않아, 의심이 들어. 아마도 단 한 선만으로 데생하지는 말아야 할 것이고, 형상을 그릴 때는 우선 가장 밝은 돌출부에 몰두하면서 중간에서부터 시작하여 그 다음에 보다 어두운 부분으로 나아가는 것이 더 좋을 것이네. 우주의 신성한 화가인 태양도 그렇게 하지 않는가. 오오! 자연, 자연! 달아나는 그대를 누가 언제 붙잡은 적이 있는가! 이보게, 학문의 과잉은 무지와 마찬가지로 부정에 이르고 마네. 난 내 작업이 의심스럽다네!"

노인은 잠시 멈추었다가 다시 말을 이었다. "젊은이, 내가 작업을 한 지 십 년이네. 그러나 자연과 싸워야 할 때는 하찮은 십 년의 세월이 도대체 무엇이겠는가? 하나뿐인 조각상이 걸음을 옮길 수 있도록 만들기 위하여 피그말리온 왕께서 바쳤던 시간을 우리는 모르고 있다네!"

노인은 깊은 공상에 빠져들었고, 칼을 기계적으로 놀리며 눈을 고정시키고 있었다.

"선생님은 당신의 '에스프리'와 대화를 나누고 계시네." 포르뷔스가 낮은 목소리로 말했다.

그 말을 듣고 니콜라 푸생은 어떤 설명할 길 없는 예술가적 호기심에 사로잡혔다. 주의 깊으면서도 멍한 듯한 하얀 눈을 가진 이 노인이 그에게는 인간 이상의 존재로 보였고, 어떤 미지의 영역에서 살고 있는 환상적인 천재로 보였다. 그의 머릿속에서는 혼란스런 수많은 생각들이 생겨나고 있었다. 이런 매혹의 정신적 현상은, 추방된 사람의 마음에 조국을 환기시키는 노래가 고양시키는 감정을 설명하는 것과 마찬가지로 더 명확해질 수 없다. 더할 수 없이 아름다운 예술 작품들에 대해 이 노인이 표시하는 듯한 경멸, 그의 풍요로움, 그의 태도, 그에 대한 포르뷔스의 경의, 그리고 그토록 오랫동안 비밀이 유지되어온 이 작품, 젊은 푸생이 그토록 솔직하게 찬미한 바 그 동정녀의 모습을 믿는다면, 마뷔즈의 아담 곁에서도 여전히 아름다워 예술계 왕자의 최상의 작업을 증명하고 있는 그 모습을 믿는다면, 아마도 천재적인 그 인내의 작품…… 그 노인 안의 모든 것이 인간 본성의 한계를 넘어서는 것이었다. 니콜라 푸생이 그 초자연적인 존재를 보면서 풍부한 상상력으로 분명하게 지각할 수 있었던 것은 예술가의 본성에 대한, 광기 어린 그 본성에 대한 완벽한 이미지였다. 그런 본성에는 너무도 많은 힘이 부여되는데, 그것은 너무도 자주 남용되어, 냉철한 이성이나 보통 사람들이나 몇몇 애호가들마저도 아무것도 없는 수많은 자갈길로 데리고 가버린다. 그 반면에 자신의 환상 속에서 쾌활한 하얀 날개의 소녀라면 거기에서 서사시와 성채와 예술 작품을 발견한다. 그것은 조롱하는 듯하면서도 유용하고, 비옥하면서도 빈곤한 본성인 것이다! 그리하여 열광적인 푸생에게 있어 그 노인은 어떤 돌발적인 변모에 의해 예술 그 자체, 그 비밀과 격정과 공상을 갖춘 예술 그 자체가 되었다.

"그렇다네, 포르뷔스." 프렌호퍼가 말을 이었다. "나는 지금까지 나무랄 데 없는 여자를 만나보지 못했네. 그 윤곽선이 완벽하게 아름다운 육체를. 그리고 그 혈색이…… 그렇다면 고대인들의 그 찾을 수 없는 비너스는 어디에 살아 있겠는가?" 그가 말을 중단했다가 다시 했다. "그 비너스는 그

토록 자주 추구의 대상이 되기는 했지만, 우리는 단지 그것
의 몇 가지 단편적인 아름다움만 겨우 만나보고 있다네. 오
오! 완벽한 신성을, 그 이상을 한 순간, 단 한 번만이라도 볼
수 있다면 내 재산을 모두 주겠네. 천상의 아름다움이여, 나
그대를 찾으러 명부까지라도 가리라! 오르페우스처럼 예술
의 지옥으로 내려가 그 생명을 되살리리라."
"이제 가세." 포르뷔스가 푸생에게 말했다. "선생님은 지금
우리의 말을 더 이상 듣지도 않고, 우리를 보고 계시지도 않
네!"
"저분의 아틀리에로 가시죠." 매혹에 빠진 청년이 대답했
다.
"오오! 저 노기병이 그 입구를 막아놓았을 수도 있네. 저분
의 보물은 너무도 잘 보호되어 있기 때문에 우리는 거기에
도달할 수가 없다네. 난 비밀의 공략을 시도하기 위하여 자
네의 의견이나 환상을 기다렸던 것은 아니네."
"그러니까 어떤 비밀이 있기는 있는 거로군요?"
"그렇다네." 포르뷔스가 대답했다. "프렌호퍼 노인은 마뷔
즈가 제자로 삼고자 했던 유일한 사람이지. 그의 친구이자
구원자, 아버지가 된 프렌호퍼는 자신의 보물 대부분을 마뷔
즈의 정념을 채워주는 데에 바쳤네. 그 대가로 마뷔즈는 그
에게 입체감의 비밀을 물려주었다네. 그 비범한 생명, 우리
들에게는 영원한 절망인 그 자연의 꽃을 형상에 부여할 수

있는 능력을 물려주었던 것이네. 그러나 그는 그 '기술'을 너무도 잘 알고 있었기 때문에, 샤를 5세의 입장식 때 입어야 했던 꽃무늬 옷을 어느 날 팔아서 술을 마셔버리고는, 그 대신 무늬를 그려넣은 종이옷을 입고 그의 선생을 따라갔었네. 마뷔즈가 입은 옷감의 독특한 화려함이 황제를 놀라게 했고, 황제는 늙은 주정뱅이의 후원자에게 그 옷에 대해 칭찬하려다가 그것이 가짜라는 것을 알아버린 적이 있다네. 프렌호퍼는 우리들이 하는 예술에 열중해 있는 사람으로, 다른 화가들보다 더 높고 멀리까지 본다네. 그는 색깔과 선의 절대적 진실에 대해 깊이 숙고했다네. 하지만 그는 탐구를 너무도 많이 하는 바람에 탐구의 대상 자체에 대해 의심하기에 이르렀네. 절망적인 순간에 그가 주장한 바에 의하면, 데생이란 존재하지 않으며, 선으로는 기하학적 형상밖에 만들 수 없다는 것이네. 그건 너무도 진실한 말이네. 우리는 색도 아닌 흑색과 선을 가지고 형상을 만들 수 있기 때문이지. 그것은 우리들이 하는 예술이 자연처럼 무한한 요소들로 구성되어 있다는 것을 증명하네. 말하자면 데생은 골격을 부여하고, 색깔은 생명이지만, 골격 없는 생명은 생명 없는 골격보다 더 불완전한 것이네.[22] 요컨대, 이 모든 것보다 더 진실한

---

22) 디드로는 그의 「회화론」에서 "존재에 형태를 부여하는 것은 데생이고, 생명을 부여하는 것은 색깔이다. 존재에 활력을 불어넣는 것은 신의 숨결이다"라고 말한다.

어떤 것이 있는데, 화가에게는 실제와 관찰이 전부라는 것, 논증과 시정이 화필과 다투게 되면 화가이며 광인인 저 노인처럼 의심에 이르게 된다는 것이 그것이지. 숭고한 화가인 그는 불행하게도 부자로 태어났고, 그 때문에 방황하게 되었던 것이네. 그를 모방하지 말게! 작업을 하게! 화가란 손에 화필을 들고서만 숙고해야 한다네."

"우린 통찰할 수 있을 것입니다!" 푸생이 더 이상 포르뷔스의 말을 듣지 않고, 또한 아무것도 주저하지 않으면서 소리쳤다.

포르뷔스는 젊은 미지인의 열광에 미소지었고, 자기를 보러 오라고 초대하고서 떠났다.

니콜라 푸생은 아르프 가 쪽으로 천천히 돌아오다가, 자기가 묵고 있는 초라한 여관을 그냥 지나쳐버렸다. 그는 보잘 것없는 계단을 불안한 마음으로 재빨리 올라가 높은 곳에 있는 방에 이르렀다. 그 방은 옛 파리의 집들에서 볼 수 있는 소박하고 보잘것없는 통로인 벽돌 지붕 아래에 위치해 있었다. 그는 그 방에 단 하나뿐인 어두운 창 곁에서 한 소녀를 알아보았다. 그녀는 문소리를 듣고서 사랑스런 동작으로 갑자기 일어섰다. 그녀는 화가가 온 것을 그의 걸쇠 여는 방식으로도 알아차렸던 것이다.

"무슨 일이야?" 그녀가 그에게 말했다.

"난! 난!" 그가 기쁨으로 숨이 막혀 소리쳤다. "내가 화가란 것을 느꼈어! 지금까지는 내 자신에 대해 의심해왔었는데, 오늘 아침 난 내 자신을 믿게 되었어! 난 위대한 사람이 될 수 있어! 자아, 질레트, 우린 부자가 될 것이고 행복하게 될 거야! 이 붓 안에 황금이 들어 있어."

그러다가 그는 갑자기 입을 다물었다. 자신의 엄청난 희망과 빈약한 재산을 비교해보자 엄숙하고 힘찬 그의 얼굴에서는 기쁜 표정이 사라졌다. 벽은 연필 소묘로 가득 찬 하찮은 종이들로 덮여 있었다. 그에게는 깨끗한 캔버스 몇 개도 없었다. 당시엔 물감의 값이 비쌌기 때문에 이 가난한 신사의 팔레트는 거의 비어 있었다. 그런 빈곤의 와중에서도 그는 믿을 수 없을 만큼 풍요로운 마음과 지칠 줄 모르게 넘쳐흐르는 재능을 지니고 있었고, 또한 그걸 느끼고 있었다. 그는 어떤 친구에 이끌려, 아니면 아마도 자신의 재주에 이끌려 파리에 와 거기에서 갑자기 애인을 만나게 되었었다. 그녀는 고상하고 관대한 영혼의 소유자로 한 위대한 인간 곁으로 다가와 괴로워하다가 그의 가난을 받아들였고 그의 변덕을 이해하고자 애썼다. 그리고 다른 사람들은 대담하게 호사를 누리며 그들의 무감각을 뽐내는 동안 그녀는 빈곤과 사랑을 힘차게 껴안았다. 질레트의 입술 위에 떠도는 미소는 그 다락방을 금빛으로 물들이며 하늘의 광채와 겨루고 있었다. 태양은 언제나 빛나고 있는 것이 아닌 반면에, 그녀는 언제나 거기에 있으면서 그와의 사랑에 열중하며, 그의 고통과 행복을 함께하였고, 예술 작업에 사로잡히기 전에는 꼭 사랑에 푹 빠져드는 이 천재를 위로하곤 하였다.

"이봐, 질레트, 이리 와."

순종적이며 쾌활한 소녀는 화가의 무릎에 뛰어들었다. 그녀는 무척이나 우아하고 아름다웠으며 봄날처럼 귀여우면서도 모든 여성적 풍요를 갖추고 있었고, 그런 화려함을 아름다운 영혼의 불꽃으로 밝히고 있었다.

"오, 하느님!" 그가 소리쳤다. "어떻게 그녀에게 말할까요……"

"무슨 비밀인데?" 그녀가 말을 이었다. "알고 싶어!"

푸생은 생각에 잠겨 있었다.

"말 좀 해봐."

"질레트! 가엾은 내 사랑!"

"알았어. 당신 내게 뭔가 원하는 게 있지?"

"그래."

"당신 앞에서 다시 전날처럼 포즈 취하길 원한다면 난 결코 승낙하지 않겠어." 그녀가 약간 토라진 태도로 말을 이었다. "당신의 눈은 그런 순간에 내게 아무 말도 하지 않으니까. 당신은 날 생각하지도 않으면서 쳐다본단 말이야."

"내가 다른 여자를 보고 그리면 더 좋겠어?"

"그럴지도 모르지. 만약 그 여자가 아주 못생겼다면." 그녀가 말했다.

"그렇다면." 푸생이 진지한 어조로 말을 이었다. "나의 장래의 영광을 위하여, 나를 위대한 화가로 만들기 위하여 다른 사람 집에 가서 포즈를 취해야 한다면?"

"당신은 나를 시험하려고 해. 내가 가지 않을 거라는 걸 잘 알잖아."

푸생은 견뎌내기에는 너무도 강한 고통이나 기쁨에 굴복하는 사람처럼 그녀의 품에 얼굴을 묻었다.

"이봐." 그녀가 푸생의 낡은 저고리 소매를 당기면서 말했다. "말했잖아, 니크, 당신을 위해서는 내 목숨도 바친다고. 하지만 나는 살아 있는 동안에는 결코 내 사랑을 포기하지 않겠다고 약속했잖아."

"사랑을 포기해?" 푸생이 소리쳤다.

"내가 다른 사람에게 그런 식으로 날 내보인다면 당신은 날 더 이상 사랑하지 않을 거야. 나 자신도 당신의 사랑을 받을 가치가 없을 것이고. 당신의 변덕에 따르는 것은 자연스럽고도 간단한 일 아니야? 내가 내 뜻대로 못 해도 난 행복하고, 또한 당신의 소중한 뜻에 따르는 것을 자랑스럽게도 생각해. 하지만 다른 사람을 위해서는 아니야. 제기!"

"용서해, 질레트." 화가는 그녀의 무릎에 뛰어들며 말했다. "난 명예보다는 사랑이 더 좋아. 내게는 당신이 재산이나 명성보다 더 아름다워. 자, 내 화필을 던져버려, 그리고 이 스케치들을 태워버려. 내가 잘못 생각했어. 내가 할 일은 당신을 사랑하는 거야. 난 화가가 아니야, 난 사랑에 빠진 놈이야. 예술과 그 모든 비밀은 멸망할지어다!"

그녀는 그의 말에 탄복했고 행복했으며 매료되었다! 그녀는 군림하고 있었다. 그녀는 예술이 자기 때문에 잊혀졌고, 한 알갱이 향처럼 자기의 발 아래 내팽개쳐졌다고 본능적으로 느끼고 있었다.

"하지만 그 사람은 한낱 노인일 뿐이야." 푸생이 말을 이었다. "그는 당신 안에 있는 여자만을 볼 거야. 당신은 너무도 완벽하니까!"

"사랑해야 해." 애인이 자신에게 해준 모든 희생에 보답하기 위해 사랑의 불안을 떨쳐버리려고 하면서 그녀가 소리쳤다. "하지만 그건 내가 파멸하는 길일 거야." 그녀가 말을 이었다. "오오! 당신을 위해 파멸한다는 것. 그래, 그건 무척 멋진 일이야! 하지만 당신은 날 잊을 거야. 당신이 그렇게 고약한 생각을 했다니!"

"내가 그런 생각을 하긴 했지만, 난 당신을 사랑해." 그가 후회스런 어조로 말을 했다. "그러니까 내가 비열하다는 말인가?"

"아르두엥 영감에게 물어볼까?" 그녀가 말했다.

"아, 아니야! 우리 둘만의 비밀이야."

"그렇다면 가겠어. 하지만 당신은 거기에 오지 마." 그녀가 말했다. "당신은 문 앞에 있어, 단검을 지니고. 내가 소리치

거든 들어와서 화가를 죽여버려."

푸생은 자기의 예술밖에는 아무것도 보지 않으면서 질레트를 품에 꼭 안았다.

"그는 나를 사랑하지 않고 있어!" 혼자 있게 되자 질레트는 생각했다.

그녀는 자신의 결심을 벌써 후회하고 있었다. 그녀는 이내 후회보다 더 잔인한 공포에 사로잡혔다. 마음속에서 떠오르는 끔찍한 생각을 쫓아버리려고 그녀는 애썼다. 그녀는 화가가 전만큼 존경받을 만하지 못한 것이 아닌가 의심하면서 자신이 벌써 그를 덜 사랑하고 있다고 느끼고 있었다.

2

「카트린 레스코」

푸생과 포르뷔스가 만나고 나서 석 달 뒤 포르뷔스는 프렌호퍼 선생을 보러 갔다.[23] 노인은 그때 깊고도 우발적인 무

---

23) 발자크가 두 장면 사이에 석 달의 기간을 부여한 것은 1837년의 일이다. 그전에는 간격이 이틀이었는데, 심리적으로 볼 때는 이것이 더 자연스럽다. 석 달 기간을 둔 것은 아마도 프렌호퍼가 브뤼즈에 여행한 것을 염두에 두었기 때문일 것이다.

기력에 빠져 있었다. 의학자들의 견해에 의하면 그것의 원인
은 소화불량, 장 내의 가스나 열 혹은 늑골 하부의 끈적거림
이고, 또한 유심론자들에 의하면 그 원인은 우리들의 정신적
인 특성의 결함에 있었다. 노인은 그의 신비스런 그림을 완
성할 수 없을 정도로 엄청나게 지쳐 있었다. 그는 참나무를
조각해서 검정 가죽을 씌운 커다란 의자에 기운 없이 앉아
있었다. 그는 우울한 태도를 버리지 못하면서, 권태에 젖어
있는 사람 같은 시선을 포르뷔스에게 던졌다.

"그러니까, 선생님." 포르뷔스가 그에게 말했다. "선생님께
서 브뤼즈로 찾으러 가신 '군청색'이 좋지 않았던가요? 우
리가 새로 만든 흰색을 녹일 수가 없으셨던가요? 기름이 나
쁜 건가요, 아니면 화필이 말을 안 듣는 건가요?"

"아아!" 노인이 소리쳤다. "난 한동안 내 작품이 완성되었
다고 믿었네. 하지만 난 분명히 몇몇 세부적 부분에선 틀렸
네. 의혹을 씻어낸 다음에야 난 평온해질 수 있을 것이네. 그
래서 난 여행하기로 결심했네. 터키, 그리스, 아시아로 여행
을 가 거기에서 모델을 찾고, 내 그림을 여러 가지 실물과 비
교하겠네. 아마도 난 거기에서 자연물 그 자체를 손에 넣게
될 것이네." 그는 만족스런 미소를 지으며 말을 이었다. "난
어떤 기운이 불어와 이 여인을 깨우면, 여인이 사라질지 모
른다는 걱정을 이따금 하기도 한다네."

그리고 나서 그는 마치 떠나기라도 할 것처럼 갑자기 일어

셨다.

"잠시만요, 선생님!" 포르뷔스가 대꾸했다. "전 선생님께 여행의 피곤과 비용을 절약시켜드리려고 시간 맞춰 왔습니다."

"어떻게." 놀란 프렌호퍼가 물었다.

"푸생 청년이 어떤 여자의 사랑을 받고 있는데, 그녀는 아무런 결점도 없는 지고의 아름다움을 지니고 있답니다. 하지만 선생님, 그가 선생님께 그녀를 빌려주겠다고 한다면, 선생님도 최소한 우리들에게 선생님의 그림을 보여주셔야만 합니다."

노인은 완전히 넋이 나간 상태로 움직이지 않고 서 있었다.

"뭐야!" 그는 마침내 고통스럽게 소리쳤다. "내 여자, 내 아내를 보여주라고? 내 행복을 정갈하게 덮어둔 천을 찢어버리라구? 거 참, 그건 끔찍한 매춘이야! 이 여자와 내가 함께 산 게 십 년이네. 이 여자는 내 것이네, 나만의 것이네. 이 여잔 날 사랑해. 내가 붓칠을 한 번 할 때마다 그녀는 나를 보고 미소짓지 않던가? 그녀는 영혼을 갖고 있어, 내가 준 영혼을. 나 아닌 다른 사람들의 눈길에 닿으면 그녀는 낯을 붉힐 것이네. 그녀를 보여주라고! 자기 여자를 수치스럽게 만들 만큼 야비한 남편, 애인이 어디에 있어? 자네가 궁정을 위해서 그림을 그릴 때면 거기에 자네의 영혼 전체를 불어넣지는 않지. 자넨 궁중인들에게 채색된 마네킹만을 파는 것이지. 내 그림은 그림이 아니라, 감정이고 열정이네! 나의 아틀리에에서 태어난 그녀는 거기에 동정녀로 남아 있어야만 하고, 옷을 입고서만 그곳에서 나갈 수 있어. 시와 여자는 그들의 애인에게만 나체로 몸을 맡기는 것이라네! 라파엘의 형상들이나, 아리오스토 같은 사람의 안젤리카, 단테의 베아트리체 같은 것을 우리가 소유할 수 있는가? 아니지! 우리는 그들의 형태만을 보는 것이네! 그래! 내가 저기 빗장을 걸어둔 작품은 우리 예술에서는 하나의 예외야. 저건 캔버스가 아니라 여자야! 나와 함께 울고 소리치고 이야기하고 생각하는 여자야. 내가 십 년의 행복을, 외투를 벗어던지듯 갑자기 내던져버리기를 바라는가? 내가 아버지이자 애인이고 신이기를 갑자기 그만두었으면 하는가? 이 여자는 피조물이 아니고 창조네. 그 청년을 오라고 해. 그에게 내 보물들을 줄 테니까. 코레지오, 미켈란젤로, 티티엥의 그림들을 그에게 주겠네. 먼지 속 그의 발자국에라도 키스하겠네. 하지만 그를 내 경쟁자로 삼아? 그건 나의 수치야! 허어! 허! 난 화가이기보다는 애인이라네. 그래, 내가 숨을 거둘 때 카트린을 태워버릴 힘 정도는 내게 남아 있을 것이네. 하지만 그녀에게 남자나 청년이나 화가의 시선을 견디게 한다구? 안 돼, 안 돼! 시선으로 그녀를 더럽히는 자가 있으면 다음날 바로 죽여버리겠네! 이봐, 자네가 그녀에게 무릎 꿇고 경배하지 않으면 자넬 당장 죽여버리겠어! 그래도 내 우상으로 하여금 바보 같은 자들의 차가운 시선과 어리석은 비판을 받게 하겠는가? 오오! 사랑은 신비이고, 사랑은 마음 깊은 곳에서만 생명이 있어. 어떤 사람이 자기 친구에게라고 할지라도 '자 이 여자가 내가 사랑하는 사람이네!'라고 말하면 그때 모든 걸 잃는 거야."

노인은 다시 젊어진 듯했다. 그의 눈에서는 빛이 났고 생기가 돌았다. 창백한 두 뺨은 선홍빛을 띠었으며 손은 떨고 있었다. 포르뷔스는 그의 격정적이고 난폭한 말에 놀라 그런 깊고도 새로운 감정에 어떻게 대꾸해야 할지 몰랐다. 프렌호퍼는 제정신인가, 아니면 미친 건가? 그는 예술가적 환상에 사로잡혀 있는 건가, 아니면 그가 표현한 사상들은 우리가 위대한 작품을 오랫동안 잉태할 때 우리들의 내부에 생기는 그런 기이한 열광 상태에서 비롯된 것인가? 우리가 이런 이상한 열정과 화해하기를 일찍이 기대할 수 있었던가?

그런 여러 가지 생각에 사로잡힌 포르뷔스가 노인에게 말했다. "하지만 여자 대 여자가 아닙니까? 푸생도 선생님의 눈앞에 자기의 애인을 내놓지 않겠습니까?"

"무슨 애인." 프렌호퍼가 대답했다. "그 여자는 그를 조만간 배반할 것이네. 내 여자는 언제고 내게 충실할 것이고!"

"그러시다면!" 포르뷔스가 말을 이었다. "그 이야기는 이제 그만두시죠. 하지만 선생님은 제가 말하는 여자만큼 아름답고 완전한 여자를 아시아에서라도 찾기 전에는 아마도 그림을 끝내지 못하고 돌아가실 겁니다."

"천만에! 내 그림은 거의 완성되었어." 프렌호퍼가 말했다. "그걸 본 사람은 누구나 커튼이 쳐진 벨벳 침대 위에서 여자가 잠자고 있는 것을 보았다고 생각할 것이네. 그녀의 곁에서는 황금으로 된 삼각 꽃병이 향기를 내뿜고 있네. 자넨 커튼을 고정시키고 있는 줄의 장식술을 잡아보려고 시도할 것이고, 카트린의 가슴이 숨을 쉬고 있는 듯이 보일 것이네. 그렇지만 난 확실해지고 싶은 거야……"

"그럼 아시아로 가세요." 포르뷔스는 프렌호퍼의 시선에서 망설이는 기색을 알아차리고서 대꾸했다. 그리고 그는 홀의 문 쪽으로 몇 걸음을 내디뎠다.

질레트와 니콜라 푸생은 그때 프렌호퍼의 집 근처에 도착했다. 소녀는 안으로 들어가려다가 말고 화가의 팔짱을 풀고서, 마치 어떤 갑작스런 예감이라도 든 것처럼 뒤로 물러섰다.

"도대체 내가 뭐 하러 여기 왔지요?" 그녀가 애인을 응시하면서 격한 목소리로 물었다.

"질레트, 당신은 여전히 내 애인이고 난 모든 점에서 당신에게 순종하고 싶어. 당신은 나의 신앙이고 나의 영광이야. 그렇다면 숙소로 돌아가. 난 아마도 더 행복할 거야, 당신이 만약 ……"

"당신이 그렇게 말한다고 내가 내 의지대로 할 수 있어요? 오! 아니야, 난 어린애에 불과해. 가자구요." 그녀는 격렬한 자기 억제의 노력을 보이며 덧붙여 말했다. "만약 우리의 사랑이 사라진다 해도, 그리고 내가 가슴속에 길고 긴 후회를 남긴다 해도, 당신은 내가 당신의 욕망에 복종한 대가로 명성을 얻지 않겠어? 들어가자구, 그것이 당신의 팔레트 속에서 영원히 추억으로 남는 것보다는 더 살아 있는 것이 될 테니까."

두 연인은 그 집의 문을 열다가 포르뷔스를 만났다. 눈물이 가득 고인 질레트의 미모에 놀란 포르뷔스는 몹시 떨고 있는 그녀를 붙잡고 노인 앞으로 데려갔다. "자, 보십시오. 이 세상의 모든 걸작들과도 비길 만하지 않습니까?"

프렌호퍼는 소스라쳤다. 질레트는 강도들에게 붙잡혀와서 노예 상인 앞에 세워진 순진하고 겁 많은 조지아 소녀 같은 천진난만한 태도로 거기에 서 있었다. 다소곳한 홍조가 그녀의 얼굴을 물들이고 있었다. 그녀는 눈을 내리깔고 두 손은 옆구리에 늘어뜨린 채 기력이 쇠진한 듯 보였다. 그녀의 눈물은 자기의 정절에 가해진 폭력에 대해 항의하고 있었다. 푸생은 그때 이 아름다운 보물을 자신의 창고에서 꺼낸 것이 절망스러워 스스로를 저주했다. 그는 예술가라기보다는 연인이 되었고, 노인의 다시 젊어진 눈이 화가다운 습관으로, 말하자면 소녀의 옷을 벗기고 그녀의 가장 은밀한 몸매까지

116

읽어내는 듯하자, 그의 마음은 수많은 가책으로 고통받았다. 그래서 그는 진정한 사랑에서 비롯되는 맹렬한 질투심에 다시 사로잡혔다.

"질레트, 떠나자구!" 그가 소리쳤다.

그 말투, 그 외침에 희색이 가득해진 그의 애인이 눈을 들어 그를 쳐다보았고 그의 품안으로 달려들었다.

"아아! 그러니까 당신은 날 사랑하고 있군요." 그녀가 울음을 터뜨리면서 말했다.

그녀는 자신의 고통을 애써 감추고 난 후에 행복감은 감추지 못했다.

"아! 잠시만 그녀를 내게 놓아두게." 늙은 화가가 말했다. "그리고 자네들은 그녀를 나의 카트린과 비교해도 되네. 그래, 그 점에 동의하네."

프렌호퍼의 외침에는 아직도 사랑이 들어 있었다. 그는 허울뿐인 자신의 여자에게서 환심을 사고자 하는 듯했고, 자기 동정녀의 아름다움이 실제 소녀의 아름다움에 대해 거두게 될 승리를 미리 즐기는 듯했다.

"선생이 말을 취소하지 못하도록 하게." 포르뷔스가 푸생의 어깨를 두드리며 소리쳤다. "사랑의 열매는 빨리 사라지지만 예술의 열매는 불멸하다네."

"그에게 있어서 난 정말 여자 이상은 아니죠?" 질레트가 푸생과 포르뷔스를 주의 깊게 쳐다보며 말했다. 그녀는 자신에 넘쳐 고개를 들었다. 그러나 그녀는 반짝이는 눈길을 프렌호 퍼에게 던지고 난 다음, 자기의 애인이 이전에는 지오르지오네의 그림으로 여겼던 그 초상화를 다시금 응시하고 있는 것을 보았을 때 이렇게 말했다. "아이구! 올라가시죠! 저 사람이 날 저렇게 쳐다본 적은 없어요."

"노인장." 질레트의 목소리를 듣고 명상에서 빠져나온 푸생이 말을 이었다. "이 칼을 보라구. 이 소녀가 단 한마디라도 불평하는 것을 들으면 이것을 당신 심장에 꽂아버리겠어. 당신 집에 불을 질러버릴 거야. 거기선 아무도 빠져나갈 수 없어. 알겠소?"

니콜라 푸생은 침울했다. 그의 무시무시한 말과 태도와 몸짓이 질레트를 위안했고, 그녀는 그가 그림이나 영광스런 장래를 위해 자기를 희생시키려고 하는 것을 거의 다 용서했다. 포르뷔스와 푸생은 아틀리에의 문앞에서 서로 말없이 바라보고 있었다. 이집트인 마리아를 그린 화가는, "아아! 그녀가 옷을 벗는군. 밝은 곳으로 가라고 그가 여자에게 말하고 있군. 그녀를 비교해보고 있어!"라고 몇 번 탄성을 지르다가, 무척이나 슬픈 얼굴의 푸생을 보고 이내 말문을 닫았다. 그리고 비록 노화가들이 예술을 앞에 두고 보면 사소하기 짝이 없는 그런 조심성을 지니고 있지는 않다고 할지라도 그는 그들을 찬미했다. 그들은 그만큼 순진하고 호감이 가는 존재들이었던 것이다. 청년은 단검날에 손을 얹고, 귀를 문에 거의 붙이다시피 하고 있었다. 어둠 속에서 그렇게 하고 있는 두 사람의 모습은 폭군을 내리칠 시간만을 기다리는 두 음모자의 모습과 흡사했다.

"들어오게, 들어와." 행복감에 가득 찬 노인이 그들에게 말했다. "내 작품은 완벽해. 이제 자신 있게 보여줄 수 있어. 어떤 화가·화필·색깔·캔버스·빛도「카트린 레스코」와 겨룰 수는 없을 거야!"

강한 호기심에 사로잡힌 포르뷔스와 푸생은 먼지가 뒤덮인 넓은 아틀리에의 복판으로 달려갔다. 그곳에는 많은 것이 무질서하게 널려 있었고, 벽 여기저기에는 그림들이 걸려 있었다. 그들은 먼저 실물 크기의 반라 여인상 앞에 멈추어 섰고, 그것에 탄복하고 말았다.

"아니네. 그것에 관심을 갖지 말게나." 프렌호퍼가 말했다. "그건 포즈를 연구하기 위해 내가 되는 대로 그린 것이지. 그 그림은 아무것도 아니야. 자아, 이것이 내가 잘못 그린 것들이네." 그가 그들 주위의 벽에 걸린 황홀한 작품들을 가리키면서 말을 이었다.

그 말을 듣고, 그런 작품들을 무시하는 것에 어안이벙벙해진 포르뷔스와 푸생은 예고된 그림을 찾아보았지만 알아보지 못했다.

"자아! 이것이네!" 머리카락은 흐트러지고, 얼굴은 초자연적인 흥분으로 불타오르고, 눈은 반짝이는 노인이 사랑에 취한 젊은이처럼 숨을 헐떡거리면서 그들에게 말했다. "아아!
아아!" 그가 외쳤다. "자네들은 이토록 완벽한 것은 기대하
지 못했을 것이네! 자네들은 여자 앞에 서 있으면서도 그림
을 찾고 있어. 이 캔버스에는 너무도 많은 깊이가 있고, 또한
공기가 너무도 진짜 같아서, 자네들은 우리 주변의 공기와
그것을 구분할 수가 없을 것이네. 예술이 어디에 있는가? 없
어졌어, 사라졌어! 자아, 이것이 소녀의 형태 그 자체네. 육
체에 확실한 윤곽을 부여하는 듯한 실물선과 색깔을 내가 잘
포착하지 않았는가? 이것은 물 속의 물고기들처럼 대기 속
에 들어 있는 대상들에서 우리가 볼 수 있는 현상이 아닌가?
윤곽이 바탕에서 얼마나 잘 부각되는지 보게나. 이 등 위에
손을 올려놓을 수도 있을 것 같지 않은가? 사실 난 칠 년 동
안 햇빛과 대상의 결합 효과를 연구했네. 그리고 이 머리카
락에는 빛이 가득 넘치고 있지 않은가? 난 정말로, 이 여자
가 숨을 쉬고 있었다고 생각하네! 이 가슴이 보이는가? 아
아! 누가 무릎 꿇고 경배하지 않겠는가? 살결이 파닥거리고
있어. 그녀가 일어나려고 하네, 기다리게."

"뭔가 보이세요?" 푸생이 포르뷔스에게 물었다.

"아니. 자네는?"

"아무것도."

두 화가는 황홀경에 빠져 있는 노인을 내버려두고서, 그가
그들에게 보여준 캔버스 위에 빛이 수직으로 떨어지면서 그

모든 효과를 중화시키고 있지나 않은지 쳐다보았다. 그래서 그들은 오른쪽·왼쪽·정면으로 옮겨가면서, 그리고 몸을 굽혔다가 일어났다가 하면서 그림을 살폈다.

"그래, 그래, 이건 분명 캔버스라네." 그 세심한 검토의 목적을 착각한 프렌호퍼가 그들에게 말했다. "자아, 저건 틀이고, 작업대이고, 이건 물감이고, 화필이네." 그리고 나서 그는 붓 하나를 집어 순진한 동작으로 그들에게 보여주었다.

"이 늙은 용병이 우리를 놀리고 있군요." 푸생이 이른바 그 그림 앞으로 되돌아오면서 말했다. "보이는 것이라고는, 혼란스럽게 쌓인 색깔들이 수많은 기이한 선에 의해 억제되어 그림벽을 형성하고 있는 것뿐입니다."

"보게, 우리 생각이 틀렸네." 포르뷔스가 말을 이었다.

가까이 다가선 그들은 캔버스의 구석에서 벗은 발 한 부분을 보았다. 그 발은 색깔과 색조와 유동적인 뉘앙스의 무질서로부터, 그 일종의 형태 없는 안개로부터 빠져나와 있었다. 그러나 그것은 매력적인 발, 살아 있는 발이었다! 그들은 믿어지지 않는 어떤 것으로부터, 느리고도 점진적인 파괴로부터 빠져나온 그 파편 앞에서 감탄하여 아연실색하였다. 그 발은 불에 탄 도시의 폐허에서 솟아나온 파로스 산 대리석으로 만든 비너스의 토르소처럼 거기에 나타났던 것이다.

"이 밑에 여자가 있네." 포르뷔스는 노화가가 자신의 그림을 완성해간다고 생각하면서 연속적으로 겹쳐놓았던 다양한 색칠을 푸생에게 가리키면서 소리쳤다.

　두 화가는 자신들도 모르게 프렌호프 쪽으로 돌아섰고, 그 노인이 느끼고 있는 황홀경을 모호하게나마 이해하기 시작했다.

　"그는 진심이네." 포르뷔스가 말했다.

　"그래, 친구." 노인이 정신을 차리면서 대꾸했다. "믿음, 믿음이 예술에서는 필요하고, 그러한 창조물을 만들기 위해서는 자신의 작품과 오랫동안 살아야만 하네. 이 음영 몇 개를 만들기 위해서도 난 많은 작업을 했네. 보게나, 여기 뺨 위의 눈 밑에 가벼운 그늘이 있는데, 그건 자네들이 자연에서 관찰하면 거의 옮길 수 없는 것처럼 보일 것이네. 그러니까, 내가 이 효과를 재생하느라고 무척 힘이 들었겠다고 생각되지 않는가? 그리고 또 포르뷔스 자네, 내 작품을 유심히 보게. 그러면 자넨 돋을새김과 윤곽을 다루는 방식에 대해 내가 자네에게 말했던 것을 더 잘 이해할 수 있을 것이네. 가슴의 빛을 보게. 그리고 내가 어떻게 무척 두터운 여러 차례의 칠과 덧칠로 진정한 빛을 얻어, 그것을 밝은 색조의 윤이 나는 흰색과 결합시키기에 이르렀는지 보게나. 그리고 또한 상반되는 작업을 통해 돌출부와 물감 반죽의 우툴두툴함을 지우고, 반농담에 잠긴 형상의 윤곽을 쓰다듬고 쓰다듬어, 데생이라는 관념과 인공적인 수단이라는 관념까지도 없애버리고서, 내가 어떻게 자연의 모습과 둥근 형태까지를 부여했는지 보게나. 가까이 오게. 이 작품을 더 잘 볼 수 있을 테니까. 멀리서 보면 사라져버리네. 그렇지? 여기가 내 보기에는 무척 뛰어나네." 그리고서 그는 두 화가에게 밝은 색의 물감 부분을 붓끝으로 가리켰다.

포르뷔스는 푸생 쪽으로 돌아서서 노인의 어깨를 두드리며 말했다. "그는 정녕 위대한 화가이지 않은가?"

"화가라기보다는 시인이군요." 푸생이 심각하게 대답했다.

"여기서 우리의 지상의 예술은 끝이 나네." 포르뷔스가 캔버스를 만지면서 말했다.

"그리고 그는 여기로부터 하늘나라로 사라질 것이구요." 푸생이 말했다.

"이 작품에는 얼마나 많은 기쁨이 들어 있는가!" 포르뷔스가 외쳤다.

노인은 생각에 잠겨 그들의 말을 듣지 않았고, 그 상상의 여인에게만 미소짓고 있었다.

"하지만 그는 조만간 그의 캔버스에 아무것도 없다는 것을 알게 될 것입니다." 푸생이 소리쳤다.

"내 캔버스에 아무것도 없다구." 프렌호퍼가 두 화가와 이른바 자신의 그림을 번갈아 쳐다보면서 말했다.

"자네 무슨 짓인가?" 포르뷔스가 푸생에게 대꾸했다.

노인이 청년의 팔을 힘껏 붙잡고 말했다. "넌 아무것도 몰라, 촌놈! 강도! 무식쟁이! 어린 녀석! 도대체 넌 왜 여기 올라왔어? 이보게, 포르뷔스." 그는 화가에게 몸을 돌리며 말을 이었다. "자네 말이지, 자네도 날 조롱할 건가? 대답해보게. 난 자네의 친구야. 말해보게. 그러니까 내 그림은 실패했다는 것인가?"

포르뷔스는 망설이며 감히 말을 못 했다. 그러나 노인의 하얀 얼굴에 너무도 잔혹한 고뇌가 서렸으므로, 그는 캔버스를 가리키며 "보세요!"라고 말했다.

프렌호퍼는 잠시 동안 그림을 응시하다가 비틀거렸다. "아무것도, 아무것도 없어! 십 년 간 작업했는데."

그는 주저앉아 울었다. "난 그러니까 바보, 미친놈이야. 난 말이지, 재주도 능력도 없는 놈이야. 난 아무것도 하지 못하는 부자놈일 뿐이야! 난 정말 아무것도 만들어내지 못하고 말 거야!" 그는 눈물을 흘리며 자신의 캔버스를 응시하고 있다가, 갑자기 거만하게 일어서더니 두 화가에게 번득이는 시선을 던졌다.

"그리스도의 피와 몸과 머리를 걸고 말하지만 너희들은 시샘꾼이야. 내 그림을 훔쳐가기 위해 그것이 망쳐진 것이라고 내가 믿게 하려는 거지! 난, 난 그녀를 보고 있어!" 그가 소리쳤다. "그녀는 너무나도 아름다워."

푸생은 그때 한쪽 구석에 잊혀져 있던 질레트의 울음 소리를 들었다.

"왜 그래, 당신?" 화가는 갑자기 다시 연정을 느끼며 여자에게 물었다.

"날 죽여줘!" 그녀가 말했다. "내가 아직도 당신을 사랑한다면 난 파렴치한 년이야. 당신을 경멸하니까. 당신은 나의 인생이야. 하지만 당신은 날 소름끼치게 해. 난 벌써 당신을 증오하고 있는 것 같아."

푸생이 질레트의 말을 듣고 있는 동안 프렌호퍼는 그의 카트린을 녹색 사지 천으로 다시 덮었다. 마치 능란한 도둑들이 옆에 있다고 믿는 보석 상인이 서랍을 닫을 때처럼 신중하기 짝이 없는 동작이었다. 그는 경멸과 의심이 가득 찬 깊고 음험한 시선을 두 화가에게 던지고는, 발작적인 동작으로 재빠르게 그들을 아틀리에 문 쪽으로 말없이 데려갔다. 그리고서 그는 숙소 문턱에서 그들에게 말했다. "아듀, 친구들."

그 이별의 인사가 그들의 몸을 얼어붙게 만들었다. 다음날 불안해진 포르뷔스는 프렌호퍼를 보러 다시 왔다가, 그가 밤중에 그의 캔버스들을 불살라버린 후 죽었다는 것을 알았다.

추방된 사람들

　1308년에는 시테 섬 위쪽 노트르담 성당 뒤 센 강의 충적 토와 모래로 형성된 테랭 택지에는 집이 거의 없었다. 홍수를 자주 당하는 이 모래사장 위에 용기를 내서 집을 지은 첫 번째 사람은 노트르담 성당 참사회원들에게 몇 가지 사소한 봉사를 했었던 파리의 한 순경이었다. 주교는 그 대가로 그에게 25페르슈[1]의 땅을 빌려주었고, 그가 집을 지을 때는 토지세나 소작료를 면제해주었다. 그래서 이 이야기가 시작되는 날로부터 7년 전, 그의 이름이 증명하듯 파리에서 가장 가혹한 순경들 중의 한 사람인 조제프 티르세르는, 시테 섬의 거리에서 저질러진 위법 행위들에 대해 그가 징수한 벌금에서 인정된 자기의 몫으로 센 강가에, 정확히 말해서 포르 생랑드리 가 끝에 그의 집을 지었던 것이다. 시에서는 항구

---

[1] 과거의 토지 측량 단위인 페르슈는 지방에 따라 달랐지만 파리에서는 대략 0.5아르(일 아르는 100제곱미터)에 해당했다. 따라서 순경 티르세르는 대략 12.5아르를 소유하고 있는 셈이다.

에 하역된 상품들을 손상시키지 않기 위해서 지금도 파리의 몇몇 옛 지도에서 발견되는 일종의 돌기둥을 쌓았었는데, 이 기둥은 테랭 택지의 상부에서 강물과 얼음의 힘을 견디며 항구의 말뚝을 보호했다. 순경은 이 기둥을 이용해 집의 기초를 놓았기 때문에 그의 집에 이르려면 몇 개의 계단을 올라가야 했다. 당시의 모든 집들과 유사한 이 누옥 위에는 건물의 정면 위로 마름모꼴의 위쪽 절반의 모습을 보여주는 뾰족한 지붕이 얹혀 있었다. 사료 편찬가들에게는 유감스럽게도, 이런 식의 지붕이 파리에는 겨우 한두 개에 불과하다. 지붕 밑 다락방에는 둥근 창문으로 빛이 들어왔다. 순경의 아내는 거기에서 참사회의 빨래를 말렸다. 그녀가 노트르담을 세탁하는 것을 영광으로 생각했기 때문이었지만, 그게 물론 쉬운 일은 아니었다. 이층에는 두 개의 방이 있었다. 이 방들은 좋은 해 나쁜 해를 평균하여 방 하나에 파리 화폐로 40수씩에 외지인들에게 세를 주었는데, 이 값은 엄청난 액수로 티르셰르 가족이 실내 가구에 들인 호화로움이 그 사실을 뒷받침하고 있었다. 벽에는 플랑드르산 장식 융단이 걸려 있었고, 농부들의 침대와 비슷하게 녹색 사지천으로 가장자리를 두른 커다란 침대에는 매트가 훌륭하게 구비되어 고운 포목 시트로 씌워져 있었다. 여기저기 구석에는 쇼프두가 있었는데, 그것은 일종의 난로이기 때문에 묘사를 할 필요는 없을 것이다. 방바닥은 티르셰르 부인의 수련생들에 의해 정성껏 손질

되어 성골함(聖骨函)의 목재처럼 윤이 나고 있었다. 세든 사람들은 걸상 대신 조각으로 장식된 커다란 호두나무 의자를 사용했는데, 아마도 그것은 어느 저택을 털어 가져온 것인 듯했다. 가구 중에는 주석 장식을 박아넣은 두 개의 벽장과 나선형 원주 테이블이 하나 있었고, 그것은 볼일이 있어 파리에 오는 가장 지위 높은 영주 기사들에게나 어울릴 것처럼 보였다. 이 두 방의 채색 유리는 강 쪽으로 나 있었다. 한쪽 방에서는 센 강변과 무인도 세 개밖에 보이지 않았다. 이 무인도들 중 앞의 두 섬은 훗날 합쳐져 오늘날의 생루이 섬이 되며 세번째 것은 루비에 섬이었다. 다른 방을 통해서는 생 랑드리 항의 모습 뒤로 그레브 구역과 노트르담 다리와 그 근처의 집, 그리고 필립 오귀스트에 의해 최근 건축된 루브르의 높은 탑들이 보였다. 이 탑들은 빈약하고 보잘것없는 파리를, 현대 시인들의 상상력에 그토록 많은 경이를 헛되이 불러일으키는 그 파리를 굽어보고 있었다. 그 당시 통용되던 표현을 사용하자면 티르셰르 집의 아래층은 큰 방 하나로 되어 있었는데, 그의 아내는 거기에서 일을 했고, 세든 사람들은 방앗간의 계단과 흡사한 계단을 올라 그들의 방으로 가려면 이 방을 거쳐야만 했다. 그리고 뒤쪽으로는 부엌과 침실이 있었고, 그것들은 센 강을 향하고 있었다. 이 보잘것없는 집 아래쪽으로는 강물 위에 가꾼 자그마한 정원이 있어서, 거기에는 작은 밭 모양으로 가꾼 배추와 양파, 그리고 울타리처럼 박은 말뚝으로 지탱한 장미나무 몇 그루가 심어져 있었다. 또한 목재와 진흙으로 지은 우리가 한 채 있었고, 그것이 이처럼 외딴 집에서는 필수적인 문지기 노릇을 하는 큰 개의 집으로 사용되고 있었다. 이 개집에서부터 울타리가 시작되었다. 암탉들은 거기에서 알을 낳고 울었으며, 달걀은 참사회원들에게 팔려나갔다. 파리의 변덕스러운 날씨에 따라 진흙탕이 되거나 메마르게 되는 테랭 택지의 이곳저곳에는 키가 작은 나무 몇 그루가 서 있었고, 그것들은 바람에 끊임없이 부딪치는가 하면, 산보객들에 시달려 꺾이기도 했다. 다년생의 버드나무와 등심초, 그리고 키 큰 풀이 그것들이었다. 테랭, 센 강, 항구, 그리고 이 집의 서쪽으로는 거대한 노트르담 성당이 둘러싸고 있었고, 성당은 해가 비추는 방향에 따라 이쪽으로 차가운 그림자를 드리우고 있었다. 오늘날도 그렇지만 당시의 파리에는 이보다 더 고적한 장소는 없었으며, 이보다 더 장엄하거나 더 쓸쓸한 풍경은 없었다. 크게 들려오는 물소리와 사제들의 성가, 그리고 휙휙거리는 바람 소리만이 이 작은 숲을 동요시켰다. 참사회 사람들이 교회에서 미사를 드리고 있을 때면 이 작은 숲에는 가끔씩 몇몇 연인들이 찾아와 서로의 마음을 털어놓곤 하였다.

1308년 4월 어느 날 저녁 티르셰르는 유달리 화가 나서 집으로 돌아왔다. 3일 전부터 모든 공무가 너무나 잘 정돈되어 버렸다고 그는 생각했다. 그로서는 순경인 자신이 무용지물이라고 느껴지는 것보다 더 슬픈 일은 없었다. 그는 신경질적으로 미늘창을 던졌고, 적색과 청색이 섞인 동의를 벗고 거친 캠릿 모직옷을 걸치면서 몇 마디 말을 어렴풋이 중얼거렸다. 그는 그릇에서 빵 한 조각을 집어 그 위에 버터를 한 겹 바르고는 걸상 위에 앉았다. 그는 사방의 석회벽을 훑어보고, 바닥 들보의 수를 헤아려보고, 못에 걸려 있는 살림살이들을 꼼꼼히 살펴보고는, 뭔가 말 한마디 할 거리도 남겨놓지 않고 세심하게 정리해버린 것에 대해 투덜거렸다. 그리고 그는 아내를 바라보았다. 그녀는 사제의 장백의와 제의실 중백의를 다림질하면서 단 한마디 말도 하지 않고 있었다.

"여보, 자크린." 그가 대화를 시작하기 위해 말했다. "당신이 어디에서 수련생을 찾을 수 있을는지 모르겠소. 저 여자가 하나 있긴 하지만." 그는 제단보에 어설프게 주름을 잡고 있던 여공을 가리키며 덧붙여 말했다. "사실 말이오, 저 여자는 쳐다볼수록 방탕한 여자 같아 보이지, 뚱뚱하고 좋은 농노처럼 보이지는 않아. 귀부인처럼 손이 하얀 것을 보면 말이야! 제기랄, 저 여자 머리에서는 향내가 난단 말이야! 또 바지는 여왕의 것처럼 곱고. 마옹의 쌍나팔 때문에 이 집에선 내 뜻대로 되는 게 하나도 없어."

여공은 얼굴을 붉혔고, 겁을 내면서도 교만한 태도로 자크린을 흘끗 보았다. 세탁부는 그 시선에 미소로 답하면서 일거리를 놓았다. 그리고는 남편에게 쏘아붙였다. "이봐요! 나

를 화나게 하지 말아요! 내가 뭔가 술책을 부렸다고 탓하는
것은 아니죠? 마음껏 길거리나 쏘다니세요. 여기에서 일어
나는 일에는 참견 말아요. 늘어지게 잠이나 자고, 술이나 마
시고, 내가 상에 차려준 것이나 먹으란 말이에요. 그렇지 않
으면 나는 더 이상 당신을 즐겁고도 건강하게 거두어줄 수가
없어요. 당신보다 더 행복한 사람이 이 도시에 있으면 데려
와보세요." 그녀는 찡그린 얼굴로 남편을 책망하며 덧붙여
말했다. "당신이란 사람은 지갑 속에 돈도 좀 있고, 센 강에
면한 집도 가지고 있어요. 또 덕망 있는 미늘창을 갖고 있는
가 하면, 성실하기 짝이 없는 마누라도 있어요. 집은 내 눈처
럼 깨끗하고 정결해요. 그런데도 전염병에 걸려 열이 오른
순례자처럼 불평이나 하고 있다니."
 "나 참!" 순경은 말을 이었다. "자크린, 당신은 내 집이 헐
리고, 내 미늘창이 다른 사람의 손에 넘어가고, 또 내 마누라
가 죄인 공시대에 매달리는 것을 내가 보고 싶을 거라고 생
각하오?"
 자크린과 예민한 성격의 여공은 얼굴이 창백해졌다.
 "그러니 당신 생각을 말해보세요." 세탁부가 재빨리 말을
이었다. "그리고 당신 주머니 속에 가지고 있는 것도 좀 보
여주고. 여보, 난 며칠 전부터 당신이 그 보잘것없는 머리로
바보 같은 짓을 열심히 생각하고 있다는 것을 잘 알고 있어
요. 자아, 이리 와요! 계속 말을 해보세요. 시청 미늘창도 있

고 참사회의 보호를 받고 살면서도, 사소한 소동도 두려워하는 것을 보니 당신은 정말 겁쟁이임에 틀림없어. 나 자크린이 참사회원들에게 아주 사소한 모욕에 대해서라도 불평한다면, 그들은 성무 집행도 금지시킬걸."

그녀는 그렇게 말하면서 순경에게 곧장 걸어가 그의 팔을 붙잡았다. 그리고는 그를 일으켜 계단으로 데리고 가면서 말을 덧붙였다. "이리 와봐요."

그들이 작은 뜰의 안쪽에 있는 강물가에 이르렀을 때 자크린은 비웃는 투로 남편을 바라보았다. "건달 영감, 저 귀부인이 집에서 나갈 때는 금화 한 닢이 우리의 저축으로 들어온다는 사실을 알아둬요."

"저런!" 아내 앞에서 생각에 잠겨 잠자코 있던 순경이 소리쳤다. 그러나 그는 이내 다시 말을 이었다. "그렇다면 우린 손해를 본 거네. 저 여자는 왜 우리집에 온 거요?"

"우리 위에 사는 잘생긴 서생을 보러 온 거예요." 자크린은 창문이 센 강 쪽으로 툭 트인 방을 가리키면서 말을 계속했다.

"빌어먹을!" 순경이 소리쳤다. "비열한 몇 푼 때문에 당신은 나를 망치고 말 거요, 자크린. 이게 품행 좋고 얌전한 순경 사모님이 해야 할 일이오? 하지만 설령 저 여자가 백작부인이나 남작부인일지라도, 저 여자는 우리가 조만간 빠지게 될 함정에서 우리를 구해내지는 못할 것이오! 크게 기분이

상해 나타날 어떤 힘있는 남편이 있지 않겠소? 저 여자는 너무도 아름답기 때문이오, 제기랄!"

"암, 그렇고말고. 저 여자는 과부란 말이야, 야비한 인간! 당신은 감히 어떻게 당신의 아내가 비열하고 어리석은 짓을 했다고 의심할 수 있어? 저 여자는 착한 서생에게 결코 말을 건 적이 없어요. 그를 바라보고 또 생각만 해요. 가엾은 아이! 저 여자가 없다면 그는 이미 굶어 죽었을 거예요. 저 여자는 그의 어머니나 마찬가지예요. 그리고 어린 천사 같은 그를 속이는 것은 갓난아기를 흔들어 재우는 것보다 더 쉬워요. 그는 자기에게 돈이 꽤 있다고 생각해요. 그래서 그는 벌써 여섯 달 전부터 돈을 두 배로 까먹었어요."

"여보." 순경은 그레브 광장을 가리키면서 아내에게 심각하게 대답했다. "일전에 사람들이 덴마크 여자를 불에 태워 죽이는 것을 여기에서 보았던 기억이 나오?"

"그래요." 자크린은 겁에 질려 말했다.

"그런데 말이오." 티르세르는 말을 이었다. "우리집에 묵고 있는 두 이방인에게서는 눌은 내가 난단 말이오. 참사회나 백작부인이나 오랫동안 보호해주지는 못하오. 이제 부활절도 되고 기간도 다되었으니 손님들을 내보내야만 해. 그것도 될 수 있으면 빨리. 그러니 당신은 극악무도한 죄인이 누구인지 이 순경에게 가르쳐주겠지? 우리 두 손님은 당신이 마지막 비명을 들었던 그 덴마크 아니면 노르웨이 이단자를 자주 만났었단 말이오. 참 용감한 마녀였어. 장작더미 위에서도 눈썹 하나 까딱하지 않았지. 그걸로 보아서도 그녀는 악마와 대단히 친밀한 관계였어. 나는 이렇게 당신을 보듯이 그녀를 보았었소. 그녀는 거기 있던 사람들에게 계속해서 설교를 했어. 자기는 하늘나라에 있고, 신을 보고 있다고 말하면서 말이야. 그래서 나는 그날부터 잠을 편히 잘 수가 없었소. 우리들 위에 누워 있는 영감은 기독교도가 아니라 마법사가 틀림없어. 순경의 명예를 걸고 말하지만, 저 노인이 내 곁을 스칠 때면 난 몸서리가 쳐져. 저 노인네는 밤에 잠도 자지 않아. 내가 잠에서 깨어나면 그의 목소리가 종소리처럼 웅웅 들려오고, 그가 지옥의 말로 주문을 외우는 소리가 들려. 당신은 이전에 그가 올바른 일을 해서 번 빵 한 조각이나 가톨릭교도 빵장수가 만든 푸아스 비스킷을 먹는 걸 본 적이 있어? 그의 갈색 피부는 지옥의 불에 구워져 그을린 것이야. 제기랄! 그의 두 눈은 뱀눈처럼 매력을 내뿜지! 자크린, 나는 저 두 사람이 내 집에 있는 것을 원하지 않아. 나는 법과 워낙 가까이에 살고 있으니까 법적인 문제에 연루되어서는 안 된단 말이오. 두 하숙인을 내보내도록 해요. 영감은 의심스럽기 때문이고, 젊은이는 너무 귀엽기 때문이오. 두 사람 모두 기독교도들과 사귀는 것 같지도 않고, 물론 우리처럼 살고 있지도 않아. 젊은 친구는 자신의 빗자루 위에 탈 시간을 엿보는 마법사처럼 언제나 달과 별, 구름이나 쳐다보고

있어. 다른 음흉한 친구는 뭔가 마법을 하기 위해 틀림없이
저 가엾은 아이를 이용하고 있어. 내 집은 이미 강 위에 있으
니까, 여기에 하늘의 불이나 백작부인의 사랑을 끌어들이지
않더라도 내게는 충분한 파산의 동기가 있어. 이상이오. 실
수하지 말아요."

자크린은 자기가 집에서 독재를 행사하고 있음에도 불구
하고, 순경이 두 하숙인들에 대해 퍼붓는 일종의 논고를 듣
고 아연실색했다. 그녀는 그 순간 영감이 묵는 방의 창문을
반사적으로 바라보았다. 그녀는 거기에서 어둡고 우울한 얼
굴을 갑자기 만나자, 그리고 아무리 죄인들을 쳐다보는 데
익숙해 있는 몸이라 할지라도 순경도 소스라치게 했던 그 깊
은 눈초리와 마주치자 공포로 몸서리쳤다.

그 당시에는 아이들이건 어른들이건, 그리고 성직자이건
세인이건간에 모두가 어떤 초자연적인 능력에 대해 생각하
기만 해도 두려워 떨곤 했다. 마법이라는 낱말은 문둥병만큼
강력해서 감정을 상하게 하고, 사회적 관계를 끊고, 가장 너
그러운 마음속의 연민마저 얼어붙게 할 정도였다. 순경의 아
내는 두 하숙인들이 사람 같은 행동을 하는 것을 결코 본 적
이 없다는 생각이 갑자기 들었다. 비록 젊은이의 목소리가
피리 소리처럼 부드럽고 듣기 좋았지만, 그녀는 그의 목소리
를 들은 적이 거의 없었기 때문에 그것을 어떤 마법의 효과
로 여기고 싶어졌다. 그 희고 붉은 얼굴의 이상한 미모를 상

기하면서, 그리고 그 금발과 그 시선의 축축한 반짝거림을
되새기면서, 그녀는 거기에서 악마의 간계를 본 것 같았다.
그녀는 며칠 동안 두 이방인들 방에서 그 어떤 경미한 소리
도 듣지 못하고 지냈던 기억이 났다. 그들은 그 긴 시간 동안
어디에 있었을까? 갑자기 그녀의 기억 속에 너무도 이상한
상황들이 꼬리를 물고 떠올랐다. 그녀는 온통 두려움에 사로
잡혔고, 대학 공부를 하기 위해 플랑드르에서 파리로 온 가
엾은 고아인 고드프루아 청년에게 그 돈 많은 부인이 쏟은
사랑에서 어떤 마법의 증거를 보고자 했다. 그녀는 손을 주
머니 속에 재빨리 넣어 그랑 블랑 은화로 4투르 리브르[2]를
급히 꺼내 그것들을 두려움과 탐욕이 섞인 눈으로 바라보았
다.

"하지만 이게 가짜 돈은 아니잖아요?" 그녀는 남편에게 은
화를 보이면서 말했다. 그녀는 덧붙여 말했다. "그리고 말이
에요, 내년 집세를 미리 받고 나서 어떻게 그들을 쫓아낸단
말이에요?"

"참사원장과 상의해요." 순경이 대답했다. "우리가 이상한
사람들에게 어떻게 처신해야 하는지 그분이 말해주지 않겠
소?"

"맞아요, 맞아! 너무도 이상해요." 자크린이 소리쳤다. "간

___

2) 4투르 리브르는 80수에 해당한다.

교한 것들 좀 봐요! 노트르담 교단으로까지 묵으러 왔잖아요." 그녀는 말을 이었다. "하지만 참사원장과 의논하기 전에 말이에요, 저 거룩하고 고상한 부인에게 그녀가 안고 있는 위험을 왜 알려주지 않죠?"

자크린과 순경은 이것저것 모두 이야기를 나누고 집으로 돌아왔다. 티르셰르는 직업상 온갖 술책을 쓰며 살아온 노인이라 낯선 여자를 진짜 여공으로 여기는 체했다. 그러나 이러한 표면상의 무관심에서는 익명의 왕족을 존경하는 궁인의 두려움 같은 것이 드러나고 있었다. 그 순간 노트르담 성당과 생랑드리 항구 사이에 있는 조그만 생드니뒤파 교회에서 여섯시 종이 울렸다. 연대기에 따르면 이 교회는 생드니가 화형되었던 바로 그 자리에 파리에서 최초로 세워진 성당이다. 여기저기에서 시간을 알리는 종소리가 이내 시테 섬 전체로 퍼져나갔다. 센 강 좌안의 노트르담 뒤쪽 대학 교정들이 많이 몰려 있는 곳에서 웅성거리는 소리가 갑자기 들렸다. 그 소리를 듣고 자크린의 늙은 하숙인은 자신의 방안에서 몸을 움직였다. 순경과 그의 아내, 그리고 미지의 여인은 문이 갑자기 여닫히는 소리를 들었고, 이방인의 무거운 발걸음 소리가 안쪽 계단 위에서 들렸다. 순경이 의혹을 품고 있는 바람에 이 인물의 출현은 큰 관심거리가 되었고, 자크린과 순경의 얼굴은 갑자기 이상야릇한 표정이 되었다. 그러자 그들의 표정을 본 귀부인은 깜짝 놀랐다. 미지의 여인은 사

랑하는 모든 사람들처럼 이 순경 부부의 공포를 자신의 피보
호자와 결부시키면서, 자신의 주인 행세를 하는 사람들의 공
포가 예고하고 있는 사건을 불안한 마음으로 기다렸다.

　이방인은 문턱 위에 잠깐 동안 서서, 방에서 자기 친구를
찾는 것처럼 하며 세 사람을 살펴보았다. 그가 던진 시선은
무관심한 것이었지만 사람들의 마음을 흔들어놓았다. 아무
리 꿋꿋한 사람이라고 할지라도 누구나, 겉으로 보아 초자연
적인 이 인간에게 자연이 엄청난 능력을 부여했다는 것을 정
말 인정하지 않을 수가 없었다. 그의 두 눈은 비록 큰 반원형
의 눈썹 속에 꽤 깊이 박혀 있긴 했지만, 뺨 윗부분에 너무도
뚜렷이 보이는 검은 원 모양의 큰 눈꺼풀 속에 박혀 있는 소
리개의 눈과 같아서, 그 눈동자가 앞으로 돌출해 있는 것처
럼 보였다. 이 마법의 눈은 무언가 전제적이고 날카로운 것
을 가지고 있어서, 생각에 가득 찬 무거운 시선으로, 다시 말
해 뱀이나 새의 눈처럼 빛나고 맑은 시선으로 영혼을 사로잡
았다. 그러나 그것은 어떤 엄청난 불행이나 무언가 초인간적
인 힘을 잽싸게 전달함으로써 아연실색하게 했고, 압도했다.
불같이 뜨겁고, 고정되어 움직이지 않으며, 엄격하고 침착한
그 시선이 모든 것과 조화를 이루고 있었다. 비록 독수리의
눈처럼 큰 그 눈 속에서는 현세의 동요가 꺼져 있기는 했지
만, 야위고 깡마른 얼굴은 불행한 정열과 완료된 대사건들의
흔적을 지니고 있기도 했다. 코는 일직선으로 내려와 길게

나 있기 때문에 콧구멍이 코를 고정시키고 있는 것처럼 보였다. 얼굴의 광대뼈는 바싹 마른 뺨을 움푹 파놓고 있는 일직선의 긴 주름들로 인해 선명하게 드러나고 있었다. 그의 얼굴에서 움푹한 부분은 모두 어두워 보였다. 그 모습은 무언가 끔찍하고 영원한 싸움을 드러내는 깊은 고랑에 의해 격렬한 물살의 흐름이 확인되는 급류와도 같았다. 그의 얼굴은 작은 배의 노가 파도 위에 남긴 흔적과 비슷한 그 코 양쪽의 넓은 주름살로 인해 매우 두드러져 보였고, 탄탄하고 곡선이 없는 그의 입은 쓰라린 슬픔을 드러내고 있었다. 폭풍우가 지나간 듯한 그 얼굴의 윗부분에 있는 평온한 이마는 대담하게 튀어나와, 얼굴에 대리석 천장을 씌워놓은 듯했다. 이방인은 불행에 익숙하고, 격노한 군중에 의연히 맞서며, 그리고 커다란 위험을 정면으로 마주하도록 자연에 의해 만들어진 인간들이 지니는 대담하고 진지한 태도를 간직하고 있었다. 그는 그 자신의 범주 안에서 행동하는 것처럼 보였으며, 거기로부터 인류를 내려다보고 있었다. 그의 시선처럼 그의 몸짓도 저항할 수 없는 어떤 힘을 지니고 있었다. 그의 앙상한 손은 전사의 손과 같았다. 그가 여러분에게 시선을 던지면 여러분은 눈을 내리깔 수밖에 없었듯이, 그의 말이나 몸짓이 여러분의 영혼에 말을 걸었을 때에도 여러분은 떨지 않을 수 없었다. 그는 걸을 때면 말없는 위엄에 둘러싸여 있어서 그를 호위대 없는 전제 군주나 빛이 없는 신이라고 여기게 만들었다. 의상은 걸음걸이나 용모의 기이함이 불러일으키는 여러 생각들을 증대시키고 있었다. 영혼과 육체와 복장은 더할 수 없이 차가운 상상력의 소유자에게까지도 깊은 인상을 줄 수 있도록 서로 조화를 이루고 있었다. 그는 검은 나사로 만든 일종의 소매 없는 중백의를 입고 있었다. 그 옷에는 가슴 장식이 없어서 목이 드러났고, 앞에서 흑단추로 걸게 되어 있었으며, 장딴지 중간까지 내려왔다. 웃옷과 반장화는 모두 검정색이었다. 머리에는 사제가 쓰는 것과 비슷한 벨벳 베레모를 쓰고 있었다. 그 모자는 이마 위에 둥근 선을 그리며 단 한 올의 머리카락도 새어나가지 않게 하고 있었다. 그의 복장은 더할 수 없이 딱딱한 상복이었고, 남자가 입을 수 있는 가장 어두운 복장이었다. 검은 외투의 갈라진 틈으로 얼핏 보이는 가죽 검대에 찬 장검이 없었다면, 성직자는 그를 형제로 알고 인사를 했을 것이다. 비록 그는 중간 정도의 키였지만 크게 보였다. 그러나 얼굴을 보면 거인 같았다.

"시간이 되었네. 배가 기다리고 있는데, 가지 않겠는가?"

서투른 프랑스어였지만 정적 속에서 쉽게 들린 그 말에 다른 방에서 부스럭거리는 소리가 났고, 젊은이가 새처럼 빨리 내려왔다. 고드프루아가 모습을 나타내자 귀부인의 얼굴이 붉어졌다. 그녀는 소스라치게 떨면서 하얀 두 손으로 얼굴을 가렸다. 스무 살쯤 되지만, 신장과 체형이 어찌나 가냘픈지

처음 보면 어린애나 남장을 한 소녀라고 생각할 수 있는 젊은이를 바라보면서 여자라면 누구나 그런 감동을 느꼈으리라. 바스크 사람들의 베레모와 흡사한 그의 검은색 모자 아래로 눈처럼 새하얀 이마가 드러나고 있었다. 그 이마에서는 기품과 순진무구함이 빛을 발했고, 믿음으로 가득 찬 영혼의 반영이라 할 수 있는 신성한 향기가 나오고 있었다. 시인들의 상상력은 거기에서 뭔지는 모르지만 어떤 콩트 속에 나오는 별을 찾고자 했을 것이다. 어떤 어머니가 대모 선녀더러 모세처럼 물살에 버려진 자기 자식의 이마에 새겨주라고 간청했던 그 별을 말이다. 어깨 위에 내려뜨린 수많은 금발머리에서는 사랑이 숨쉬고 있었다. 목은 진짜 백조의 목처럼 희디희었고, 기가 막히게 둥글었다. 생기 넘치고 투명한 파란 눈은 하늘을 비추고 있는 것처럼 보였다. 얼굴 모습과 이마의 윤곽은 화가를 황홀하게 할 정도로 매우 완전하고 우아했다. 여성들의 얼굴에서 우리에게 무궁무진한 감동을 불러일으키는 한창때의 아름다움, 선의 그윽한 순수성, 그리고 사랑스런 모습 위에 포개진 빛나는 후광이 사내다운 태깔과, 그리고 아직도 청소년기에 있는 자의 힘과 일체가 되어 감미로운 대조를 이루고 있었다. 요컨대 말을 하지 않으면서도 우리에게 말을 하고, 우리를 끌어당기는 그런 유려한 얼굴이었다. 그렇지만 약간만 주의를 기울여 그를 관찰해본다면, 아마도 그의 얼굴에는 한창 나이에 있으면서도 어떤 위대한 생각이나 정열 때문에 퇴영의 기운이 각인되어 있다는 것을 알았을 것이다. 마치 햇빛에 드러나는 나뭇잎처럼 말이다. 그래서 그 두 사람이 결합하여 보여주는 대조보다 더 급격하고 생생한 대조는 없었다. 시간이 흘러 껍질이 벗겨지고, 벼락에 의해 홈이 패어 노화된 늙은 버드나무, 말하자면 화가들의 찬미의 대상인 그런 위풍당당한 버드나무의 움푹 파인 곳에서 자라난 귀엽고 연약한 소관목을 보는 것 같았다. 수줍은 관목은 뇌우를 피하여 그곳에 자리잡고 있었다. 한 사람은 신이었고, 다른 한 사람은 천사였다. 한쪽은 감각적으로 느끼는 시인이었으며, 다른 한쪽은 표현하는 시인이었다. 또한 한쪽은 번민하는 예언자요, 다른 한쪽은 기도중인 수도자였다. 두 사람 모두 말없이 지나갔다.

"그가 젊은 사람을 어떻게 부르는지 보았지?" 두 이방인의 발소리가 모래사장 위로 더 이상 들리지 않게 되었을 때 순경이 소리쳤다. "저들은 악마와 그 시동이 아니겠소?"

"아이구!" 자크린이 대답했다. "난 숨이 막혔어요. 난 우리 하숙인들을 그토록 주의 깊게 살펴본 적은 결코 없었거든요. 악마가 저토록 귀여운 사람을 사로잡을 수 있다는 것이 우리 여자들에게는 불행이에요!"

"그래, 그에게 성수나 좀 뿌려주시지." 티르셰르가 소리쳤다. "그러면 당신은 그가 두꺼비로 변하는 것을 보게 될 거요. 난 종교 재판소로 가서 모든 것을 말해야겠어."

142

그 말을 듣자 귀부인은 흠뻑 빠져 있던 몽상에서 깨어나, 청홍색 조끼를 입고 있던 순경을 바라보았다.

"어디를 서둘러 가세요?" 그녀가 물었다.

"우리집에 마법사들이 묵고 있다는 것을 재판소에 알리려고. 우리 자신을 지키기 위해서요."

미지의 여인은 미소를 지었다.

"난 마오 백작부인입니다." 그녀는 순경의 얼을 완전히 뺄 정도로 위엄을 갖추고 일어나며 말했다. "댁의 하숙인들을 조금도 괴롭히지 않도록 조심하세요. 특히 영감님을 공경하세요. 난 국왕께서 그 영감님을 정중하게 맞이하시는 것을 왕궁에서 보았어요. 그분을 조금이라도 곤란하게 만들면 그건 경솔한 짓입니다. 내가 여기 머무르고 있는 것에 대해서는 입도 뻥긋하지 마세요, 살고 싶거든."

백작부인은 입을 다물고 다시 생각에 잠겼다. 그녀는 이내 고개를 다시 들고는 자크린에게 무언가 신호를 보냈다. 그리고 두 사람은 고드프루아의 방으로 올라갔다. 아름다운 백작부인은 침대와 나무 의자들과 벽장, 그리고 장식 융단과 탁자를 바라보았다. 그녀는 추방되었던 사람이 고향에 돌아와 언덕 밑에 앉아서 다닥다닥 붙은 지붕들을 바라보듯 그것들을 행복감에 젖어 바라보고 있었다.

"만약 네가 나를 속이지 않았다면, 너에게 금화 백 에퀴를 주마." 그녀가 자크린에게 말했다.

"보세요, 마님." 하숙집 여주인이 대답했다. "가엾은 천사
는 전혀 의심하지 않고 있어요. 이게 그분의 전재산입니다!"

자크린은 그렇게 말하면서 탁자 서랍을 열어 양피지 문서
몇 장을 보여주었다.

"오, 이것 좀 봐!" 백작부인은 그녀의 주의를 갑자기 끌어
당긴 계약서 한 장을 집으면서 큰 소리로 말했다. 그리고는
그걸 읽었다. "고드프루아 강 백작."

그녀는 양피지를 떨어뜨리고 손을 이마에 가져갔다. 그러
나 그녀는 자크린에게 자신의 감정을 보인 것이 부끄러웠는
지 곧 냉정을 되찾았다.

"됐어!" 그녀가 말했다.

그리고 그녀는 아래로 내려가 집을 떠났다. 순경 부부는
문턱 위에 서서 그녀가 항구 가는 길로 접어드는 것을 보았
다. 배 한 척이 거기 가까이에 정박해 있었다. 백작부인의 발
소리가 들리자 한 선원이 갑자기 일어나 아름다운 여공이 자
리에 앉도록 도와주었다. 그는 센 강 하류 방향으로 배를 재
빨리 저어갔다.

"바보 같은 양반!" 자크린이 스스럼없이 순경의 어깨를 치
면서 말했다. "오늘 아침 우린 금화 백 에퀴를 벌었단 말이
에요."

"난 마법사들을 숙박시키는 것보다 귀족들을 숙박시키는
것이 더 싫어. 그들 중 누가 우리를 더 빨리 교수대로 끌고

갈 것인지 난 모르겠소." 티르세르는 그의 미늘창을 집으면
서 대답했다. 그리고 그는 말을 이었다. "샹플뢰리 쪽으로
순찰이나 나가야겠소. 오오, 하느님! 우리를 보호해주시고,
오늘밤 금반지를 낀 갈루아 여인을 만나 그녀의 금반지가 어
둠 속에서 반딧불처럼 빛나는 것을 보게 해주소서."

자크린은 집에 홀로 남게 되자 정체 모르는 귀족의 방으로
서둘러 올라가, 거기에서 이 신비스런 일에 대해 정보를 좀
찾아보려고 했다. 자연의 단순 명료한 원리들을 복잡하게 만
들기 위해 한없이 애쓰는 그런 학자들처럼 그녀는 자신의 보
잘것없는 집 안에 세 인물이 모여 있는 이유를 설명해주는
미완성의 소설 한 편을 이미 써놓았었다. 그녀는 벽장을 뒤
져 꼼꼼히 살펴보았지만 이상한 것은 전혀 발견할 수 없었
다. 그녀는 탁자 위에서 잉크병 하나와 양피지 몇 장을 보았
을 뿐이었다. 그러나 그녀는 읽을 줄 몰랐기 때문에 그 발견
으로 인해 알게 된 것은 아무것도 없었다. 그녀는 여자의 직
감에 의해 미남 청년의 방으로 이끌려 들어갔고, 그곳의 십
자 유리창을 통해서 두 하숙인들이 뱃사공의 배를 타고 센
강을 건너고 있는 것을 보았다.

"그들은 마치 두 개의 조각상처럼 보이는군." 그녀가 혼
잣말로 말했다. "음! 저 사람들이 푸아르 가 앞에 도달했
어. 저 귀여운 애는 민첩하기도 하지! 피리새처럼 뛰어내
리네. 그 옆의 영감은 성당의 성인 석상과 비슷해. 카트르

나시옹[3]의 옛날 학교로 가는데. 제기랄! 이제 보이지 않네. 저기에서 좀 쉬려나, 저 가엾은 천사는?" 그녀는 방의 가구들을 바라보면서 덧붙여 말했다. "예의도 바르고 재미있는 분이야! 아아! 귀족들은 우리와는 달리 태어났어."

그리고서 자크린은 침대 커버를 매만지고, 벽장의 먼지를 털고, 여섯 달 전부터 수도 없이 많이 자문했던 것을 또 자문한 후 내려왔다. "도대체 그는 무엇을 하면서 그 많은 날들을 보낼까? 그는 좋은 날씨나 쳐다보고, 또 하느님이 가로등처럼 저 위에 매달아놓은 별들이나 지켜볼 수는 없을 거야. 저 사랑스런 아이는 뭔가 근심이 있어. 하지만 왜 노스승과 그는 서로에게 말을 거의 하지 않는 걸까?" 그리고 나서 그녀는 생각에 푹 빠졌다. 그런데 그런 생각들은 여자의 머릿속에서는 실타래처럼 엉클어지는 법이다.

노인과 청년은 그 당시 푸아르 가를 유럽에서 그렇게도 유명하게 만들었던 학교들 중의 하나로 들어갔다. 자크린의 두 하숙인이 길가에 있는 옛날 카트르 나시옹 학교의 지붕이 낮은 커다란 교실에 도착한 순간에, 파리 대학의 가장 유명한 영성신학자 시지에 박사는 강단에 오르고 있었다. 차가운 타

---

3) 중세의 신학 대학은 예술 대학과 구분되었다. 파리의 예술 대학은 카트르 나시옹, 다시 말해서 네 개의 동아리로 나누어졌다. 그것들은 프랑스 동아리, 피카르디 동아리, 노르망디 동아리, 그리고 독일 동아리 등이다.

일 바닥은 싱싱한 짚으로 덮여 있었고, 그 위에서 상당히 많은 수의 학생들은 모두 한쪽 무릎은 기대고 또 다른 한쪽은 올리고서, 현대인들은 해독할 수 없는 약어를 써서 스승의 즉흥적 강의를 속기하고 있었다. 교실에는 학생들뿐만 아니라, 성직이나 궁정, 사법계에서 가장 뛰어난 사람들이 가득 차 있었다. 외국인 학자, 무인, 부유한 부르주아들도 있었다. 거기에서는 중세의 초상화를 볼 때 우리에게 우리 조상에 대한 일종의 숭배심을 불러일으키는 그런 넓은 얼굴들, 튀어나온 이마들, 존경할 만한 수염들이 서로 만나고 있었다. 눈은 쑥 들어갔으나 빛을 내고, 이마는 그 시기에 유행하던 무기력한 스콜라 철학의 피로에 의해 누르스름하게 변해버린 야윈 얼굴들이, 타는 듯한 젊은 얼굴들, 근엄한 사람들, 전사들, 그리고 새빨간 뺨을 가진 몇몇 재정가들의 모습과 대조를 이루고 있었다. 그런 강의, 그런 논설, 그리고 13~14세기의 가장 뛰어난 천재들에 의해 지지된 그런 논제들은 우리 조상들의 열정을 자극했다. 그러한 것들이 그들에게는 투우였고, 또한 그러한 것들이 그들에게는 이탈리아좌, 비극, 위대한 무용수, 말하자면 극장 전부였다. 아마도 프랑스의 연극 예술을 탄생시킨 그 같은 정신적인 논쟁 이후에야 성사극 (聖史劇) 공연은 이루어졌다. 능숙하게 다루어진 인간 목소리의 매력, 신의 신비에 대한 과감한 탐구와 웅변의 정묘함을 결합시킨 감동적인 계시는 당시의 호기심 있는 사람들의 마음을 모두 충족시켰고 또한 영혼을 감동시켰으며, 당시의 인기 있는 구경거리였다. 신학은 여러 학문을 개괄하는 것만은 아니었고, 옛날의 그리스인들에게 문법이 그랬듯이 학문 그 자체였다. 또한 신학은 야곱 같은 설교자들이 신의 정신과 싸우는 그런 대결에서 두각을 나타내는 자들에게는 풍요로운 미래를 제시해주었다. 파견 사절, 군주간의 중재, 상서국, 고위 성직 등은 신학 논쟁에서 발언이 다듬어진 사람들이 맡았다. 강단은 당시 토론의 장이었다. 이러한 체제는, 세르반테스가 글로 쓴 희극[4]으로 기사도를 말살시킨 것처럼, 라블레가 그의 무시무시한 냉소로 궤변벽을 희생시킬 때까지 존속했다.

비록 엄청나긴 하지만 오늘날 알려져 있지 않은 걸작들을 만들어낸 이 놀라운 세기의 정신을 이해하기 위해서는, 요컨대 야만성까지 포함해서 그 세기의 모든 것을 이해하기 위해서는, 파리 대학의 구성을 연구하고, 당시 시행된 기이한 교육을 검토하면 충분하다. 신학은 두 단과 대학, 즉 엄밀한 의미의 신학 대학과 교회법 대학으로 나뉘어 있었다. 신학 대학에는 세 개의 분야, 즉 스콜라학, 교회 법전학, 그리고 영성 신학이 있었다. 이 다양한 학문 분야들의 특성을 설명하는 것은 지루한 일일 것이다. 왜냐하면 영성 신학만이 이 연

---

4) 물론 『돈 키호테』를 말한다.

구의 주제이기 때문이다. 영성 신학은 '신의 계시' 전체와 '비의(秘義)'에 대한 설명을 포함하였다. 이 옛날 신학 분야는 지금도 은밀하게 유행하고 있다. 자콥 보엠, 스베덴보리, 마르티네즈 파스칼리스, 생마르탱, 몰리노스, 기용 부인, 부리뇽 부인, 크뤼드네르 부인, 법열경파와 신비교파[5] 등은 여러 시기에 걸쳐 이 학문의 교리를 훌륭하게 보존했는데, 그 목표는 무언가 무시무시하고 어마어마한 것을 가지고 있다. 시지에 박사의 시대처럼 오늘날에도, 우리의 눈에 보이지 않는 신의 성전으로 깊숙이 들어가기 위해서는 인간에게 날개를 달아주는 것이 필요하다.

이 같은 여담은 노인과 청년이 노트르담 택지로부터 출발하여 강의에 참석하러 오는 장면을 이해하기 위해 필요한 것이었다. 과감하게 판단하는 어떤 사람들은 이 연구를 거짓말이라고 의심하고, 과장이 심하다고 비난할 수 있을 것이다. 그러나 이 여담은 우리의 연구를 그런 모든 비난으로부터 보호할 것이다.

시지에 박사는 키가 컸고, 한창 나이였다. 그의 얼굴은 대학의 역사적 기록에 의하면 미라보의 얼굴과 놀랄 만큼 상당히 비슷했다. 그는 혈기 왕성하고, 활기 넘치며, 무서운 웅변

---

5) 신비교파와 법열경파는 모두 신비스러운 과정을 통해 영적인 세계로 가고자 한다. 그러나 법열경파가 견신의 황홀경만을 기대하는 반면, 신비교파는 초자연적인 인식에 다다르기 위해 정신적인 교류를 원한다.

가의 얼굴을 하고 있었다. 박사는 그와 꼭 닮은 미라보에게
는 부족했던 열렬한 신앙과 종교적 신념의 징후를 이마에 가
지고 있었다. 게다가 그의 목소리는 설득력 있는 부드러움과
카랑카랑하면서도 듣기 좋은 음색을 지니고 있었다.

그때 작은 납장식 십자 유리창으로 아주 조금씩 들어오는
햇빛이 그 모임에 환상적인 색채를 부여했고, 빛과 어둠의
혼합으로 여기저기에 생생한 대조를 만들어내고 있었다. 여
기 어두운 구석에서는 눈동자들이 반짝거리고 있었다. 저기
에서는 햇살을 받은 검은 머리칼이 어둠 속에 파묻힌 얼굴들
위에서 빛을 내고 있는 것처럼 보였다. 그리고 가는 띠 같은
은발 몇 가닥이 겨우 남은 몇 사람의 머리가 달빛에 비친 성
벽 총안처럼 청중들 위로 드러나고 있었다. 박사를 향하고
있는 모든 사람들은 말없이 초조하게 기다리고 있었다. 인접
한 학교의 다른 교수들의 단조로운 목소리가 파도의 속삭임
처럼 정적에 휩싸인 길에서 울려퍼지고 있었다. 그때 도착한
두 미지인의 발소리가 모든 사람들의 주의를 끌었다. 강의를
시작할 준비가 된 시지에 박사는 위풍당당하게 서 있는 노인
을 보고서, 눈으로 그가 앉을 자리를 찾아보았다. 그러나 청
중이 많았기 때문에 자리를 찾지 못하자, 그는 강단에서 내
려와 공손한 태도로 그에게 다가가서는, 자기의 결상을 내주
어 그를 강단 계단 위에 앉도록 하였다. 청중은 그 노인이 최
근 소르본에서 발표된 훌륭한 학위 논문의 주인공이라는 것

을 알고서 찬성하듯 길게 웅성거리면서 그 같은 예우를 받아들였다. 그 미지인은 아래쪽의 청중에게 불행을 노래한 시 한 편 전체를 들려주는 듯한 깊은 시선을 던졌고, 그의 시선을 받은 사람들은 알 수 없는 전율을 느꼈다. 노인의 뒤를 따라온 청년은 계단 위에 앉아 우아함과 슬픔이 깃들인 매혹적인 자세로 강단에 몸을 기댔다. 침묵은 깊어졌고, 다른 강의실을 떠나온 수많은 학생들이 학교 문턱과 길까지 순식간에 메워버렸다.

시지에 박사는 이전의 강의에서 그가 부활에 대해, 그리고 천당과 지옥에 대해 제시했던 이론들을 마지막 강연에서 개괄하기로 되어 있었다. 그의 세밀한 교리는 당시의 정서에 부응했고, 이승의 모든 연령층의 사람들을 괴롭히고 있는 바, 불가사의에 대한 통제할 수 없는 욕망을 충족시켰다. 자신의 나약한 손에서 끊임없이 빠져나가는 무한을 손에 넣으려는 인간의 노력, 사유 그 자체에 대한 사유의 그런 마지막 공략은 거기 모인 청중을 대상으로 할 만한 작업이었다. 그만큼 그 청중 가운데에는 당대의 특출한 모든 인물들이 빛나고 있었고, 아마도 인간의 상상력 중에서 가장 방대한 상상력이 반짝거리고 있었던 것이다. 박사는 먼저 부드럽고 과장이 없는 어조로 앞서 설정된 주요 논점들을 간단하게 환기시켰다.

"어떠한 지성도 다른 지성과 동등하지 않다는 것이 판명되었습니다. 인간은 각자에게 주어진 정신력의 불평등에 대하여 창조자에게 해명을 요구할 권리가 있었습니까? 사람들은 신의 의도를 단번에 꿰뚫어보려 하지 않고도, 실제로는 그들의 일반적인 상이성의 결과로서 지성이 여러 큰 범주로 갈라진다는 것을 인정해야만 되지 않았습니까? 가장 작은 지성이 빛나는 범주로부터, 영혼이 신에게 도달하기 위한 길을 발견한 고도의 반투명한 범주까지, 영성의 실질적인 단계가 존재하지 않았습니까? 동일한 범주에 속하는 정신들은 영혼에서, 육체에서, 사상에서, 그리고 감정에서 서로 형제처럼 이해하지 않았습니까?"

거기에서 박사는 일치에 관한 굉장한 이론을 발전시켰다. 그는 사랑의 현상, 본능적인 반감, 공간의 법칙을 무시하는 강렬한 인력, 서로 분간되어 보이는 영혼들의 갑작스런 결합 등을 성서의 언어로 설명했다. 그는 우리의 감정이 내보일 수 있는 힘의 단계들에 대해서는 인간들이 그들 각자의 권역 내에서 차지한 중심으로부터 가깝거나 먼 위치에 따라 해결했다. 그는 인간에게는 여러 상이한 범주가 배열되어 있다는 사실에서 위대한 신의 사상을 수학적으로 밝혔다. 그리고 그 범주들은 인간에 의해서 짐승의 지성과 천사들의 지성 사이에 중간 세계를 만들어낸다고 그는 말했다. 그에 의하면 '신의' 말씀은 '영적인' 말씀을 배양했고, '영적인' 말씀은 '생물의' 말을 배양했으며, '생물의' 말은 '동물의' 말을 배양

했고, '동물의' 말은 '식물의' 말을 배양했으며, '식물의' 말
은 '비생산적인' 말의 생명을 나타냈다. 신이 그처럼 우리의
영혼에 부과한 계속적인 번데기의 탈바꿈, 그리고 어떤 한
지대에서 다른 지대로 언제나 더 생생하고, 더 영적이고, 더
명민하게 서로 통하는 그 같은 원생 동물의 생명은 아마도
경험이 없는 그의 청중들에게는 하느님이 자연에 결정해놓
은 운동을 막연하지만 훌륭하게 설명해주었다. 성서에서 따
온 많은 구절들의 도움을 받으면서, 그리고 그런 구절들을
사용하여 자신의 말에 설명을 붙이고 자신에게 결핍된 추상
적인 논리를 감성적인 이미지로 표현하면서, 그는 청중의 확
신을 부추기는 특유의 웅변적인 어조로 창조의 깊이를 가로
질러 신의 정신을 횃불처럼 뒤흔들었다. 그는 그 같은 신비
로운 체계를 그 모든 결과로 전개하면서 모든 상징들의 열쇠
를 내주었고, 또한 소명이라든가 특별한 재능, 재질, 인간의
재주 등을 정당화시켰다. 그는 느닷없이 타고난 생리학자가
됨으로써 인간의 형상 위에 새겨진 동물적 모습을 원초적인
유추와 창조의 상승 운동에 의해 설명했다. 그는 자연의 작
용을 목격할 수 있게 했고, 또한 광물이나 식물, 그리고 동물
의 임무나 미래를 설정하기도 했다. 손에 성서를 들고서 물
질을 정신화하고 정신을 물질화한 다음, 그리고 모든 것에
신의 의지를 들어가게 하고 신의 가장 사소한 작품에도 존경
심을 표시한 다음, 그는 신앙에 의해 어떤 범주로부터 다른

범주로 다다를 수 있는 가능성을 인정하였다.

그의 강연의 전반부는 그와 같았고, 그는 그 이론을 능숙한 여담에 의해 봉건 체계에 적용했다. 종교시나 세속시, 그리고 당시의 거친 웅변술도 그의 방대한 이론에서 폭넓게 이용되었다. 그 이론에서는 고대의 모든 철학 체계들이 용해되었지만, 박사는 거기에서 그 철학 체계들을 단순 명료한 체계로 변화시켰다. 두 원리에 대한 잘못된 교의들[6]과 범신론 교의들은 그의 주장 아래 무너져내렸다. 그는 인간의 눈에는 그 수단만이 그토록 찬란하게 나타나는 목적에 대한 인식을 신과 신의 천사들에게 맡김으로써 신의 통일성을 주장했다. 시지에 박사는 물질 세계를 설명하는 논증으로 무장하고서 정신 세계를 구축해나갔는데, 그에 의하면 정신 세계에는 단계적 상승 범주가 있어 그것에 의해 우리 인간은 신과 분리되어 있다. 마치 넘어야 할 무수한 권역에 의해 식물이 우리 인간과 분리되는 것처럼 말이다. 그는 하늘·별·천체, 그리고 태양을 가득 채웠다. 그는 성 바울의 이름으로 인간에게 새로운 능력을 부여했고, 인간은 이 세상에서 저 세상으로 영생의 근원까지 올라갈 수 있다고 했다. 야곱의 신비적인 등급은 그러한 신적 비밀의 종교적 표현이자 그 사실의 전통적 증거였다. 그는 자기 말씀의 날개 위에 정열적인 영혼들

---

6) 인간의 이중성, 즉 육체와 영혼을 단언하는 이론들을 말한다.

을 실어 여러 공간 속을 여행했고, 그의 청중들을 천상의 대
양 속으로 빠뜨려 그들로 하여금 무한을 느끼게 했다. 박사
는 신을 동경하는 빛나는 범주들이 역순으로 배열된 다른 권
역들에 의해 지옥을 그와 같이 논리적으로 설명했는데, 그곳
에서는 고통과 암흑이 빛과 정신을 대체한다고 했다. 고통도
기쁨만큼 잘 이해되었다. 인생의 전환점이나 그 고통과 지성
의 다양한 환경에는 여러 비교항이 있었다. 그리하여 지옥과
연옥에 대한 더할 나위 없이 훌륭한 이야기가 자연스럽게 만
들어졌다. 그는 우리 미덕의 근본적인 근거를 훌륭하게 추론
했다. 경건한 사람은 가난 속에서도 자신의 양심을 자랑스럽
게 생각하며, 항상 자기 자신과 평화를 유지하며 앞으로 나
아가고, 당당한 악덕을 보면서도 굽힘 없이 양심의 거짓말을
삼가는데, 그런 사람은 은총을 잃고 벌을 받은 천사로, 자신
의 태생을 기억하고 보상을 예감하면서, 자신의 과업을 수행
하고, 자신에게 주어지는 훌륭한 사명에 순응했다. 그러면
기독교의 숭고한 인종이 영광스럽게 나타나는 것이었다. 그
는 순교자들을 활활 타오르는 장작더미 위에 올려놓았고, 그
들의 고통을 박탈함으로써 그들의 공적 역시 거의 박탈해버
렸다. '외적인' 인간이 형리들의 인두에 의해 꺾이는 동안,
그는 하늘에 있는 '내적인' 천사를 보여주었다. 그는 천상의
어떤 징조들을 보고서 인간들 사이에 있는 천사를 묘사했고,
또한 알아보게 했다. 그리하여 그는 어느 언어에나 존재하는

'전락'이라는 단어의 진정한 의미를 이성의 깊은 부분에서 뽑아내려고 했다. 그는 우리의 기원의 진실을 보여주기 위해 무척이나 풍부한 전통을 들었다. 그는 우리 운명의 항구적인 계시이자 본능적인 야심인 모든 인간들의 상승의 정열을 명철하게 설명했다. 그는 우주 전체를 단 한눈에 받아들이도록 했고, 중심부에서 끝으로, 끝에서 중심부로 큰 강물처럼 철철 넘치게 흐르는 신의 실체 역시 묘사했다. 자연은 하나이고 밀도 그 자체였다. 가장 방대한 작업에서와 마찬가지로 외관상 가장 빈약한 작업에서도 모든 것이 그 법칙에 따랐다. 각각의 창조는 그것의 정확한 이미지를 축소해서 재생했다. 그것은 식물의 수액일 수도, 인간의 혈액일 수도, 천체의 운행일 수도 있었다. 그는 하나하나 증거를 보였고, 자신의 사상을 언제나 시의 선율표로 형상화하였다. 그뿐만 아니라 그는 여러 가지 이의 제기에 과감하게 맞섰다. 그렇게 그는 우리 학문의 기념물과 사람들이 쓸데없이 덧붙인 사족을 웅변적인 질문의 형태로 맹격했는데, 사회는 그러한 것들을 건축하는 데 지상 세계의 성분을 사용한다는 것이었다. 그는 신이 모든 세계에 새겨놓은 위대한 운동을 우리들의 전쟁, 우리들의 불행, 우리들의 타락이 방해하지 않는가 물었다. 그는 도처에서 사라져버린 우리들의 노력을 지적함으로써 인간의 무능력을 비웃게 했다. 그는 티르와 카르타고, 그리고 바빌론의 망혼들을 상기시켰다. 그는 바벨과 예루살렘에게 나타나라고 명령했다. 그는 거기에서 문명을 만든 쟁기의 덧없는 자국들을 찾아보았지만 허사였다. 인류는 그 항적이 대서양의 평화스러운 수면 아래로 사라지는 배처럼 세상 위를 떠돌고 있었다.

그것이 시지에 박사가 행한 강연의 요점이었다. 그는 자신의 견해를 당시에 통용된 괴상한 라틴어를 사용하여 신비주의 언어로 전개했다. 그가 특별히 연구했었던 성서들은 그에게 좋은 무기를 제공했고, 그는 그로써 무장하고 나타나 자기 시대의 진행을 재촉하였다. 그는 자신의 과감성은 커다란 지식으로, 그리고 자신의 철학은 품행의 정결함으로 감쌌다. 마치 망토로 몸을 감싸듯이. 그는 청중을 신과 마주보게 하고 나서, 그리고 세계를 하나의 사상 속에 머물러 있게 하여 세계의 사상을 거의 드러나게 하고 나서, 말없이 가슴을 두근거리고 있던 군중을 바라보았고, 눈짓으로 이방인의 의견을 물었다. 그는 아마도 그 기이한 존재가 앞에 있다는 사실에 자극되어 이런 말을 덧붙였는데, 그것을 중세의 변질된 라틴어로부터 옮겨보면 다음과 같다.

"여러분은 신의 품안에서가 아니라면 어디에서 인간이 이런 풍요로운 진리를 얻을 수 있다고 생각하십니까? 나는 무엇입니까? 사도들 중에서 가장 강력한 분이 물려준 단 한 줄의 연약한 번역자입니다. 하나도 남김없이 모두가 빛나는 수많은 말씀들 중에서 단 한 줄 말입니다. 우리 모두에 앞서 성

바울은 다음과 같이 말씀하셨습니다. '우리는 하느님 안에서 살고, 존재하고, 걷는다.' 오늘날 신앙심은 더 적으면서 학식은 더 많거나, 또는 덜 유식하면서 의심은 더 많은 우리들은 그 사도에게 이 끊임없는 운동이 무슨 소용이 있는가 물어볼 수 있을 것입니다. 여러 지대로 구분된 이 생명은 어디로 가는 것입니까? 왜 이 지성은 대리석에 대한 막연한 지각으로부터 시작하여, 이 범주에서 저 범주로, 인간에게까지, 천사에게까지, 그리고 신에게까지 갑니까? 샘은 어디에 있으며, 바다는 어디에 있습니까? 여러 세계와 별을 통하여, 물질과 정신을 통하여 신에 이른 생명이 다른 목표를 향하여 다시 내려간다면? 여러분은 우주를 양쪽에서 보고자 합니다. 여러분은 단 한 순간 옥좌 위에 앉아본다는 조건으로도 군주를 숭배할 겁니다. 우리는 참 어리석기도 하죠! 우리는 가장 총명한 동물들에게도 우리의 사고와 행동의 목표를 이해할 수 있는 재능을 인정하지 않고, 하위 범주의 창조물들에 대해서는 무자비하고, 그들을 우리의 세계로부터 내몰고, 그들이 인간의 사고를 알 수 있는 능력을 부인하면서도, 우리는 모든 관념들 중에서 가장 높은 것, 즉 관념에 대한 관념을 알고자 합니다. 좋습니다. 자, 떠나십시오! 믿음에 의해 이 천체에서 저 천체로 오르십시오, 공간 속으로 날아보십시오! 사고 · 사랑 · 믿음이 그것의 신비로운 열쇠입니다. 여러 권역을 통과하십시오, 옥좌에 다다르십시오! 하느님은 여러

분보다 더 관대합니다. 하느님은 그분의 사원을 모든 창조물에게 열어놓았습니다. 그러나 모세의 예를 잊지 마십시오! 성전으로 들어가려면 신발을 벗으십시오. 모든 오점을 버리십시오. 여러분의 육체를 완전히 버리십시오. 그렇지 않으면 여러분은 타버릴 것입니다, 왜냐하면 하느님…… 하느님은 바로 빛이시기 때문입니다!"

시지에 박사가 활활 타오르는 얼굴로 손을 들며 그 같은 위대한 말을 하던 순간, 태양 광선이 열려져 있던 스테인드글라스로 스며들어 마치 마술처럼 빛의 샘물, 긴 삼각형의 황금띠를 용솟음치게 하여 군중을 스카프처럼 감쌌다. 모든 사람들이 박수를 쳤다. 참석자들은 석양의 그러한 효과를 하나의 기적으로 받아들였기 때문이었다. 모두가 한 목소리로 외쳤다. "만세! 만세!" 하늘마저도 박수를 치는 듯했다. 존경심에 사로잡힌 고드프루아는 낮은 목소리로 서로에게 말을 하고 있던 노인과 시지에 박사를 차례로 바라보았다.

"선생님께 영광을!" 이방인이 말했다.

"순간적 영광이 무슨 소용이 있겠습니까?" 시지에가 대답했다.

"영원히 감사드리겠습니다." 노인이 응답했다.

"그렇다면, 당신의 말씀은?" 박사가 말을 이었다. "그것은 제게 인간적 불멸성을 부여할 겁니다."

"허어! 사람들은 자기가 가지고 있지 않은 것을 줄 수 있습니까?" 미지인이 소리쳤다.

국왕 주위의 신하들처럼 자신들과 세 인물들 사이에 경의의 표시로 적당한 거리를 두면서 밀려들고 있는 군중을 대동한 고드프루아와 노인과 시지에는 진흙투성이인 강가를 향해 걸었다. 그 시기에 그곳에는 아직 집이 없었고, 뱃사공만이 그들을 기다리고 있었다. 박사와 이방인은 라틴어나 갈리아어로는 서로 이야기하지 않았다. 그들은 알 수 없는 언어로 심각하게 말했다. 그들은 팔을 활개치며 걸었다. 굽은 강변길을 잘 알고 있는 시지에 박사는 여러 차례 신경을 쓰면서 진창 위에 다리처럼 놓인 좁은 건널목 쪽으로 노인을 인도했다. 군중은 호기심 어린 시선으로 그들을 살펴보고 있었고, 몇몇 학생들은 최고의 두 연사를 뒤따르고 있는 청년의 특권을 부러워했다. 마침내 박사는 노인에게 인사를 했고, 뱃사공의 배가 떠나는 것을 바라보았다.

배가 그 중심부까지 흔들리면서 드넓은 센 강 위에 떠 있던 그때, 수평선에 피어오르는 불꽃처럼 태양이 구름을 꿰뚫고 나와 들판 위에 격류와 같은 빛을 쏟아부었고, 그 붉은 색조와 그 갈색의 반사빛으로 슬레이트의 꼭대기며 초가지붕을 물들였고, 필립 오귀스트의 탑들을 불로 수놓았으며, 하늘을 가득 메웠고, 강을 물들게 했으며, 풀들을 반짝이게 했고, 반쯤 잠들어 있던 곤충들의 잠을 깨웠다. 그 기다란 빛다발이 구름을 불타게 했다. 그것은 마치 매일 부르는 송가의 마지막 행과도 같았다. 심장 전체가 전율하는 것 같았고, 그때 자연은 숭고했다. 이방인은 그 광경을 응시하고 나서, 인간의 눈물 중에서 가장 연약한 눈물로 눈을 적셨다. 고드프루아 역시 눈물을 흘렸다. 그는 떨리는 손으로 노인의 손을 잡았고, 노인은 돌아서서 자신의 감동한 모습을 내보였다. 그러나 그는 아마도 손상되었을 자존심을 살리기 위해 청년에게 심각한 목소리로 말했다. "난 조국 때문에 울고 있는 것이네. 난 추방되었어! 젊은이, 바로 이 시간에 난 조국을 떠났다네. 하지만 그곳에서는 이 시간이면 반딧불이 그들의 허약한 집에서 나와 글라디올러스의 잔가지에 다이아몬드처럼 매달린다네. 이 시간에는 더없이 달콤한 시처럼 감미로운 미풍이 빛에 젖은 골짜기에서 불어와 그윽한 향기를 내뿜는다네. 난 수평선에서 천상의 예루살렘과 닮은 황금 도시, 그 이름을 내가 말해서는 안 되는 도시를 보았다네. 거기에도 강물이 흐르고 있지. 그 도시와 기념물, 그리고 강물. 그 강의 황홀한 전망과 푸르스름한 수면은 서로 섞여 일체가 되었다가는 다시 풀어지는 것이어서, 그 조화로운 다툼 같은 광경이 내 눈을 즐겁게 해주었고, 내게 사랑을 불러일으켰다네. 그런데 그것들은 지금 어디에 있단 말인가? 이 시간에 석양의 물결은 환상적인 색조를 띠었고, 다채로운 그림을 그리고 있었네. 별들은 다정한 빛을 퍼뜨리고 있었지. 또한 달님은 그 우아한 올가미를 도처에 놓아 나무의 색깔과 형태에 또 다른 생명을 주었고, 반짝이는 강물과 말없는 언덕, 그리고 웅장한 건물들을 가지각색으로 변화시켰지. 도시 전체가 말을 하는 듯 반짝이고 있었다네. 그곳이 생각났다네, 그곳이! 한밤중 대리석이 흰빛으로 반짝이고 있던 고대의 기둥들 옆에서는 연기 기둥이 솟아오르고 있었지. 저녁 기운 너머로는 여전히 수평선이 그려지고 있었어. 모두가 조화롭고 신비했어. 자연은 나를 떠나려고 하지 않았고, 나를 보살피고자 했었네. 아! 그것은 내게 모든 것이었어. 나의 어머니요, 나의 자식이었으며, 나의 아내요, 나의 영광이었어! 그땐 종소리마저도 나의 추방을 슬퍼했었지. 오, 경이로운 땅이여! 그곳은 하늘만큼 아름답다네! 그 시간부터 내게는 우주가 감옥이었다네. 나의 사랑하는 조국이여, 그대는 왜 나를 추방했는가? 하지만 난 거기에서 승리를 거두고 말겠네!" 그가 어찌나 확신에 찬 어조로, 그리고 터질 듯 무척이나 날카로운 소리로 그 말을 던지며 소리쳤던지 뱃사공은 트럼펫 소리에 놀라듯 소스라쳤다.

노인은 예언자처럼 서서 하늘 저편 그의 고국을 가리키면서 남쪽 하늘을 바라보았었다. 금욕주의자처럼 창백한 그의 얼굴은 의기양양하게 붉어졌으며, 두 눈은 빛나고 있었다. 그는 갈기를 곤두세우는 사자처럼 숭고했다.

"그런데 자네, 가엾은 아이!" 그는 눈물을 흘려 두 뺨 가장자리가 반짝거리고 있는 고드프루아를 바라보면서 말을 이었다. "자네도 나처럼 피 묻은 책으로 인생을 연구해보았나? 왜 우는 건가? 자넨 그 나이에 무엇을 그리워하지?"

"아아!" 고드프루아가 말했다. "저는 지상의 모든 조국들보다 더 아름다운 조국을 그리워하고 있습니다. 보지는 못했지만, 제게 그 기억이 남아 있는 조국을 말입니다. 오오! 힘껏 날아 공간을 헤쳐나갈 수만 있다면, 저는 갈 겁니다……"

"어디로?" 추방된 사람이 말했다.

"저 높은 곳으로요." 청년이 대답했다.

그 단어를 듣자 이방인은 소스라치게 놀랐고, 청년을 짓누를 듯 바라보아 그의 입을 다물게 했다. 두 사람은 깊은 정적 속에서 서로의 소원을 들으면서 설명할 수 없는 방식으로 영혼을 토로하여 이야기를 나누었다. 그들은 하나의 날개로 하늘을 가로지르는 두 마리의 비둘기처럼 다정하게 배를 타고 가다가, 배가 테랭 택지의 모래톱에 닿자 깊은 공상에서 빠져나왔다. 두 사람은 생각에 파묻혀 말없이 순경의 집 쪽으로 걸어갔다.

"그러니까." 위대한 이방인은 혼잣말을 했다. "이 불쌍한 아이는 자신이 하늘에서 추방된 천사라고 생각하고 있구나. 그러면 우리들 가운데 누가 그의 잘못을 깨닫게 할 수 있겠는가? 내가 해야 할까? 난 마술의 힘에 의해 그렇게도 자주 지상에서 멀리 떨어져 있고, 하느님의 소유물이며, 나 자체로도 하나의 신비인데. 난 도대체 이 진창에서 살고 있는 천사들 중 가장 아름다운 천사를 본 것이 아닌가? 그러니까 이 아이는 나보다 더 제정신이 아니란 말인가? 그의 믿음이 더 과감한 것일까? 그는 믿고 있어. 그는 그의 믿음이 내가 걷고 있는 오솔길과 비슷한 어떤 빛나는 오솔길로 그를 아마도 데려가주리라고 생각하고 있는 거야. 그러나 그는 천사처럼 잘생겼기는 하지만, 그토록 혹독한 싸움에서 버티기에는 너무 연약한 것이 아닌가!"

번개가 하늘의 뜻을 나타내듯 벼락치는 목소리로 자신의 사상을 표명한 동행자가 곁에 있는 것에 겁을 먹은 청년은 연인 같은 눈으로 별들만 바라보고 있었다. 그는 가슴을 짓누르는 갖가지 감정에 압도되어 햇빛에 젖은 각다귀처럼 연약하고 두려워하는 모습으로 거기에 있었다. 시지에의 말은 두 사람 모두에게 정신 세계의 신비를 천사같이 설명해주었었다. 위대한 노인은 그 신비를 영광으로 감싸야 했다. 청년은 그 신비를 표현할 수 없으면서도 자신 속에서 느끼고 있었다. 세 사람 모두 학문과 시와 감정을 생생한 이미지로 표현하고 있었다.

이방인은 숙소로 돌아오자 자기 방에 틀어박혀 계시의 램프를 켰다. 그는 침묵 속에서 낱말을 찾고, 한밤중에는 생각들을 정리하면서 악마처럼 끔찍한 작업에 몰두했다. 고드프루아는 창가에 앉아서 강물 속에 비친 달빛을 천천히 바라보았고, 하늘의 신비를 연구했다. 그는 전에도 자주 맛보곤 하던 황홀경에 빠져 이 범주에서 저 범주로, 이 환영에서 저 환영으로 여행했다. 그는 천사들이 희미하게 떠는 소리나 그들의 목소리를 듣거나 듣는다고 생각했고, 신성한 미광을 보거나 본다고 생각하면서 그 속에서 길을 잃었고, 또한 모든 빛의 근원이자 모든 조화의 원리인 원대한 지점에 이르려고 노력했다. 센 강물이 퍼뜨리던 파리의 커다란 소음은 이내 잠잠해졌고, 집 위에서는 희미한 빛이 하나씩하나씩 꺼졌으며, 사위가 정적에 휩싸였다. 그러자 넓은 주택가는 피곤에 지친 거인처럼 잠이 들었다. 자정이 되었다. 나뭇잎이 떨어지는 소리나 노트르담의 꼭대기에서 자리를 바꾸는 갈가마귀의 비상처럼 더할 나위 없이 가벼운 소리도 그때 지상에 있던 이방인의 정신을 차리게 했고, 청년으로 하여금 그의 영혼이 황홀경의 날개를 타고 올랐던 그 천상의 언덕에서 떠나가게 했다. 그때 노인은 옆방에서 나는 신음 소리를 듣고 두려워했다. 그 신음 소리는 육중한 몸뚱이가 떨어지는 소리와 뒤섞여 들렸는데, 경험이 많은 추방된 사람은 그 소리를 듣고 떨어진 것이 시체라는 것을 알아차렸다. 그는 황급히 나가 고드프루아의 방에 들어갔다. 고드프루아가 형태를 알 수 없는 덩어리처럼 누워 있는 것이 보였고, 길다란 밧줄이 목에 감겨 바닥에 꾸불꾸불 놓여 있었다. 그가 밧줄을 풀자 청년은 눈을 떴다.

"여기가 어디죠?" 그는 기쁜 표정으로 물었다.

"자네 방이네." 노인은 고드프루아의 목과 밧줄이 매여 있던 못을 쳐다보면서 말했다. 못은 아직도 그 끝에 달려 있었다.

"하늘에 있는 거예요." 아이가 달콤한 목소리로 대답했다.

"아니야, 지상이네!" 노인이 대꾸했다.

고드프루아는 스테인드글라스 창문이 열린 방을 가로질러 달빛이 띠처럼 스며든 곳을 걸어가, 살랑거리고 있는 센 강과 테랭 택지의 버드나무며 풀들을 다시 보았다. 구름이 낀 흐린 공기가 연기 지붕처럼 강물 위로 올라오고 있었다. 괴로운 그는 그 광경을 보고서 팔짱을 끼고는 절망스러운 태도를 취했다. 노인은 놀라워하는 얼굴로 그에게 다가갔다.

"자네 자살하려고 했던가?" 노인이 물었다.

"네." 고드프루아는 이방인이 밧줄의 힘이 가해졌던 부위를 살펴보기 위해 손을 여러 차례 자신의 목에 갖다 대보도록 내버려두면서 대답했다.

청년은 경미한 타박상을 입었지만 그리 아픈 것 같지는 않았다. 몸무게 때문에 못이 금방 빠져버렸고, 그래서 그 치명적인 짓이 위험 없는 추락으로 끝난 것이라고 노인은 추정했다.

"도대체 자네 왜 죽으려고 했어?"

"아아!" 고드프루아는 흐르는 눈물을 억제하지 못하면서 대답했다. "전 하늘의 목소리를 들었습니다! 그 목소리가 제

이름을 불렀어요! 전에는 그 목소리가 저의 이름을 부르지 않았었거든요. 하지만 이번에는 저를 하늘로 초대했어요! 오오! 그 목소리는 어찌나 감미로운지!" 그는 천진난만한 동작으로 덧붙여 말했다. "전 하늘로 뛰어들 수가 없었기 때문에 하느님에게 가려고 우리가 가지고 있는 유일한 길을 선택했습니다."

"오오, 애야, 넌 참으로 고귀하구나!" 노인은 고드프루아를 품안으로 잡아당겨 열광적으로 껴안으면서 소리쳤다. "넌 시인이야. 너는 폭풍우 속으로 대담하게 오를 줄 아는구나! 너의 시는 네 가슴에서 나온 것이 아니야! 너의 강렬하고 열렬한 사상과 창조물들은 너의 영혼 속에서 걸으며 성장하고 있어. 자, 너의 생각들을 저속한 것에게 넘기지 말거라! 제단과 제물, 성직자, 그 모든 것이 되도록 하여라! 넌 하늘을 알고 있어, 그렇지 않느냐? 너는 하얀 깃털이 달리고 황금 시스트럼을 가진 수많은 천사들이 옥좌를 향해 다 같이 날아가는 것을 보았어. 그리고 너는 폭풍우 몰아치는 숲속에서 수풀이 조화롭게 너울거리는 것처럼 그 천사들의 날개가 하느님의 목소리를 듣고 움직이는 것을 자주 보았어. 오오! 무한한 공간이란 얼마나 아름다우냐! 그렇지?"

노인은 고드프루아의 손을 힘껏 쥐었고, 두 사람은 창공을 쳐다보았다. 창공의 별들이 다정한 시를 쏟아붓는 것 같았고, 그들은 그 시를 듣고 있었다.

"오오! 하느님을 본다는 것은." 고드프루아가 가만히 외쳤다.
"얘야!" 이방인이 갑자기 준엄한 목소리로 말을 이었다.
"넌 그럼 우리의 훌륭한 스승 시지에 박사의 거룩한 가르침들을 그토록 빨리 잊었느냐? 너는 너의 천상의 조국으로 돌아가고 나는 나의 지상의 조국으로 돌아가기 위해서, 우리는 하느님의 말씀에 복종해야 하지 않겠느냐? 그분의 강력한 손가락이 우리의 도정을 지적해준 험준한 길에서 인종하며 걷도록 하자. 너는 네가 직면한 위험에 소름끼치지 않느냐? 너는 무질서하게 와서는 때 이르게 '나 여기 있습니다!' 라고 말했기 때문에, 너의 영혼이 오늘날 정처없이 떠돌고 있는 세계보다 더 못한 세계로 네가 다시 떨어지지나 않을까? 길 잃은 가엾은 천사여, 너는 너를 천상의 화음들만이 들리는 범주에서 살게 해주신 하느님을 찬양하여야 하지 않겠느냐? 너는 다이아몬드처럼 순수하고 꽃처럼 아름답지 않느냐? 아! 네가 나처럼 고통의 나라만을 경험했다고 해도! 나는 거기에서 사느라 마음이 지쳤어. 오오! 무시무시한 비밀들을 찾기 위해 무덤을 파헤치는 것. 피에 굶주린 손들을 닦아내고, 그것들을 매일 밤 헤아리고, 나를 향해 쳐든 그 손들을 쳐다보면서 나로서는 해줄 수 없는 용서를 간청하는 것. 살인자의 발작과 희생자의 마지막 비명을 조사하는 것. 무시무시한 소음과 소름끼치는 침묵, 죽은 아들들을 게걸스럽게 먹어치우는 아비의 침묵을 듣는 것. 천벌을 받은 자들의 웃음

소리를 살피는 것. 죄 때문에 둘둘 말려 비꼬아진 퇴색한 덩어리 가운데에서 몇몇 인간의 형체를 찾는 것. 살아 있는 사람들이 죽지 않고서는 듣지 못하는 단어들을 배우는 것. 언제나 죽은 자들을 불러내 언제나 그들을 고소하고 심판하는 것. 그런 것이 과연 인생이라고 할 수 있는가?"

"그만두세요!" 고드프루아가 외쳤다. "전 당신을 쳐다볼 수가 없고, 당신 말을 더 이상 들을 수도 없어요! 저의 이성은 길을 잃었고, 저의 시선은 어두워졌어요. 하지만 당신은 저의 내부에 불을 지피고 계시고, 그것이 저를 휩쓸고 있어요."

"그렇지만 난 계속해야만 한단다." 노인은 비범한 동작으로 손을 흔들면서 말을 이었고, 그 동작은 청년에게 어떤 마법의 효과를 낳았다.

이방인은 그의 활기 없고 쇠약한 큰 눈을 잠시 동안 고드프루아에게 고정시켰다. 그리고 그는 손가락을 땅에 뻗었다. 그의 명령에 심연이 반쯤 열린 것 같았다. 그는 희미하고 어렴풋한 달빛의 반사를 받으며 서 있었고, 달빛에 반짝이는 그의 이마로부터 태양의 섬광과 같은 것이 새어나왔다. 처음에는 경멸적인 듯한 표정이 얼굴의 어두운 주름들 속으로 사라졌지만, 그의 시선은 이내 모아져 평범한 시각 기관들에는 보이지 않는 어떤 물체를 보고 있는 것처럼 고정되었다. 그때 그의 눈은 분명히 무덤 속의 아득한 그림들을 응시했다.

그가 그토록 웅장한 모습인 적은 아마도 결코 없었다. 끔찍한 싸움이 그의 영혼을 뒤흔들었고, 그 싸움은 그의 외형에도 작용했다. 아무리 강력하게 보였을지라도 그는 뇌우를 예고하는 미풍에 구부러지는 풀처럼 몸을 휘었다. 고드프루아는 말없이 움직이지 않고 마법에 걸려 있었다. 어떤 설명할 수 없는 힘이 그를 꼼짝달싹못하게 바닥에 고정시켰다. 그리고 우리가 어떤 화재나 전투의 장면을 주의해서 볼 때 넋을 잃듯이 그는 자신의 몸뚱이를 더 이상 느끼지 못했다.

"가엾은 사랑의 천사여, 네가 맞이한 운명을 내가 말해주기를 바라느냐? 들어봐! 내게는 거대한 공간들과 인간들이 곧 삼켜질 끝이 없는 심연들을, 그리고 우리 인간들과 천사들의 대하가 흘러가는 한없는 바다를 볼 수 있는 능력이 있어. 나는 영원한 고통의 영역을 두루 돌아다니면서도, 신의 망토에 의해, 천재의 덕인 그 영광의 옷, 그것 없이 많은 세월이 흘러간 그 영광의 옷에 의해 죽음으로부터 지켜졌었지, 가냘픈 내가 말이야! 행복한 사람들이 밀려드는 빛의 들판을 내가 가고 있었을 때는, 한 여인의 사랑과 어떤 천사의 날개가 나를 지탱했어. 나는 그의 가슴속에서 이루 말할 수 없는 기쁨을 맛볼 수 있었지. 그런 기쁨을 맛보는 것은 죽게 마련인 우리들에게는 나쁜 세상의 번민들보다 더 위험해. 저 하층의 어두운 영역들을 가로질러 순례를 마침으로써 나는 이런 고통 저런 고통, 이런 죄 저런 죄, 이런 벌 저런 벌, 끔찍한 침묵과 가슴을 찢는 듯한 비명까지 섭렵하여 지옥의 권역 위에 있는 심연에 이르렀었지. 나는 벌써 저 멀리에서 천국의 빛을 보았어. 엄청나게 멀리 떨어진 거리에서도 빛나고 있었지. 난 어둠 속에 있었지만, 그래도 빛의 가장자리에는 있었어. 나는 안내자에게 끌려가, 어떤 힘에 이끌려 날았지. 우리가 꿈을 꾸는 동안 육신의 눈에는 보이지 않는 범주로 우리를 데려가는 힘과 유사한 어떤 힘에 의해 이끌려서 말이야. 우리의 이마를 감싸고 있던 후광이 우리가 가는 길에서 어둠을 치워버렸지. 마치 미세한 먼지처럼 말이야. 우리들 저 멀리에서 모든 우주의 태양들이 우리나라 반딧불과 같은 어렴풋한 미광만을 겨우 내비치고 있었어. 나는 대기권에 막 도달하려던 참이었어. 그곳에서는 천국으로 가는 빛더미가 많아지고, 쉽사리 창공을 가를 수 있고, 헤아릴 수 없이 많은 세상이 초원 속의 꽃처럼 솟아나오지. 나는 그곳의 마지막 둥근 선 위에서, 다시 말해 내가 내 뒤에 남긴 유령들의 것이면서 사람들이 잊고자 하는 슬픔과도 흡사한 마지막 둥근 선 위에서 어떤 커다란 귀신을 보았어. 그 망령은 서 있는 상태로 열렬하게 여러 공간을 탐욕스럽게 바라보았지. 그의 발은 하느님의 힘에 의해 그 선의 종점에 매달려 있었고, 거기에서 그는 끊임없이 고통스럽게 긴장하고 있었어. 우리가 비약하고자 할 때면 우리는 그런 고통스러운 긴장에 의해 우리의 힘을 분출하는 것이지. 날아오를 채비가 되어 있는 새들처럼 말이야. 나는 한 남자를 알아보았는데, 그는 우리를 바라보지도 않았고, 우리의 말을 듣지도 않았어. 그의 모든 근육이 떨고 있었고, 헐떡거리고 있었지. 그는 한걸음도 나아가지 않고서도 매순간마다 피로를 느끼는 것 같았지. 그의 시선이 끊임없이 들여다보는 천국, 극진히 사랑하는 어떤 모습이 얼핏 보이는 듯한 천국으로부터 그를 갈라놓고 있는 무한을 가로질러 온 피로를 말이야. 나는 지옥의 첫번째 문에서처럼 마지막 문에서도 희망 속의 절망을 읽었어. 그 불행한 사람은 뭔지 모를 힘에 의해 어찌나 끔찍하게 짓눌렸는지, 그의 고통이 내 뼛속으로 스며들어, 나를 얼어붙게 했어. 나는 안내자 곁으로 피했어. 나는 그의 보호를 받고 평온과 침묵을 되찾았지. 먼 곳까지 보는 눈으로 공중의 소리개를 보거나 그것을 짐작하는 어머니와도 닮은 그 귀신은 기쁨의 소리를 질렀지. 우리는 그가 바라보고 있던 곳을 바라보았고, 그러다가 우리는 사파이어 같은 것이 우리의 머리 위에 떠도는 것을 빛의 심연 속에서 보았어. 태양 광선이 아침에 지평선에 나타날 때, 그리고 그 최초의 빛이 우리의 땅 위에 살짝 스며들 때처럼 그 빛나는 별은 신속하게 내려오고 있었어. 광채는 뚜렷해지면서 커졌지. 나는 천사들이 그 복판으로 오고 있는 찬란한 구름을 보았어. 그것은 일종의 빛나는 연기로 신성한 실체로부터 발산되고, 이곳저곳에 화염을 튀게 하지. 망토와 월계수, 그리고 천상의 지배자의 상징인 종려나

172

무 잎을 걸치지 않고는 그 빛을 견딜 수가 없는 어떤 고귀한 모습이 눈처럼 하얗고 순결한 큰 구름 위로 솟아오르고 있었어. 그것은 빛 속의 빛이었어! 그의 파닥거리는 날개는 하느님의 시선이 여러 세상을 가로질러 통과하듯 그가 지나온 범주들 속에 눈부신 진동을 만들고 있었어. 나는 마침내 대천사를 그 영광 속에서 보았던 것이야! 영의 천사들을 장식하는 영원히 아름다운 꽃이 그에게서 빛나고 있었지. 그는 한 손에는 녹색의 종려나무 잎을, 그리고 다른 한 손에는 화려한 칼을 쥐고 있었지. 종려나무 잎은 용서받은 귀신을 장식하기 위해서고, 칼은 단 한 번의 몸짓으로 지옥 전체를 물러나게 하기 위해서야. 그가 다가오자 우리는 하늘의 향수가 이슬처럼 떨어지는 것을 느꼈어. 천사가 머무르고 있던 영역의 공기는 오팔빛을 띠고 파동쳤는데, 그 파동은 바로 그 천사로부터 전달되어왔어. 그는 도착하여 귀신을 바라보며 '그럼 내일 또 보자'고 말했어. 그리고 그는 우아한 동작으로 하늘을 향해 몸을 돌렸고, 날개를 펼쳐 여러 범주를 건너갔지. 마치 어떤 배가 어느 황량한 해변에 남겨진 유형자들에게 그 하얀 돛을 겨우 보이며 파도를 가르며 나아가듯이 말이야. 귀신은 소름끼치는 비명을 질렀고, 그 소리를 듣자 저 넓은 고통의 세계 가장 깊은 곳에 박혀 있는 권역으로부터 우리가 그 표면에 있던 보다 평화로운 세계까지의 천벌을 받은 자들이 대답했어. 모든 번민들 중에서 가장 비통한 것이

다른 것들에게 호소했었어. 함성은 불바다 같은 포효로 번져, 고통받는 무수한 망령들의 끔찍한 화음에 토대 구실을 했지. 그리고 귀신은 갑자기 고통의 나라를 가로질러 날아갔고, 그의 자리로부터 지옥의 깊숙한 곳까지 내려갔어. 그는 갑자기 다시 올라왔다가는 끝없는 원들 속에 다시 잠겼고, 그 안에서 사방으로 다녔어. 마치 처음으로 새장 속에 갇힌 독수리가 쓸데없는 노력을 하며 지쳐버리는 것처럼 말이야. 귀신은 그렇게 떠돌아다닐 권리가 있었고, 추위가 극심하고 악취를 풍기고 몹시도 뜨거운 지옥의 여러 지대들을 그 고통을 함께하지 않고도 통과할 수가 있었지. 귀신은 태양 광선이 어둠 속에서도 드러나는 것처럼 그 거대한 곳으로 스며들었어. 지배자께서 내게 이렇게 말씀하셨지. '하느님은 그에게 아무런 벌도 내리지 않으셨다. 그러나 네가 그 고통을 차례차례 보았던 망령들 중의 그 어느 것도 그의 고통을 자신의 희망과 바꾸려고 하지는 않을 것이다.' 그때 귀신은 그를 지옥의 가장자리에서 시들어가게 만들었던 물러칠 수 없는 어떤 힘에 의해 이끌려 우리 가까이 되돌아왔어. 내 호기심을 알아차린 나의 신성한 안내자는 종려나무 가지로 그 불행한 자를 건드렸지. 그 불행한 자는 그 순간과 또한 순간적인 그 다음날 사이에 있는 고통의 세월을 헤아려보는 데 아마도 몰두하고 있었던 거야. 귀신은 놀라 소스라쳤고, 벌써 흘렸었던 온갖 눈물로 가득 찬 시선을 우리에게 던졌어. 그는 슬픈 목소리로 말했어. '저의 불운을 알고 싶으십니까? 오오! 저는 그 얘기를 하고 싶군요. 저는 여기에 있고, 테레사는 저 높은 곳에 있지요! 그게 전부죠. 지상에서 우리는 행복했지요, 우리는 항상 함께 있었구요. 제가 처음으로 사랑하는 테레사 도나티[7]를 보았을 때, 그녀는 열 살이었습니다. 우리는 그때 사랑이 무엇인지 알지 못한 채 서로 사랑했습니다. 우리의 인생은 하나였죠. 그녀가 창백해지면 저도 창백해졌고, 그녀가 기쁘면 저도 기뻤습니다. 우리는 함께 생각하고 느끼는 매력에 빠져들었고, 서로를 통해 사랑을 배웠습니다. 우리는 크레모나에서 결혼했고, 우리의 입술은 언제나 진주 같은 미소를 머금고 있었고, 우리의 눈은 언제나 광채를 발산했습니다. 우리들의 머리칼은 우리의 소원처럼 서로 꼭 붙어 있었습니다. 책을 읽을 때면 우리들의 얼굴은 서로 포개졌고, 걸을 때면 우리의 발걸음은 언제나 하나가 되었답니다. 삶은 긴 입맞춤이었고, 우리의 집은 신방이었습니다. 어느 날 테레사는 얼굴이 창백해졌고, 처음으로 제게 "고통스러워!"라고 말했습니다. 그런데 저는 고통을 느끼지 않았습니다! 그리고 그녀는 일어나지 못했습니다. 저는 죽지 않고서도 그녀의 아름다운 모습이 변질되고, 그녀의 황금빛 머리결이 괴로워하는 것을 보았습니다. 그녀는 고통을 감추려고 미소를 지

---

7) 테레사라는 이름은 아마도 성녀 테레사와 그녀가 경험했던 신비적인 황홀경 때문에 선택된 것 같다.

었습니다. 그러나 저는 그녀의 푸르른 눈에서 그 고통을 읽었습니다. 전 그녀 눈동자의 조그만 동요까지도 알아차릴 수 있었거든요. 그녀는 입술이 창백해지면서 "오노리노, 사랑해"라고 말했습니다. 그녀는 마침내 제 손을 꼭 쥐었습니다. 얼음장같이 차가운 죽음이 그녀를 찾아들었던 것입니다. 그녀가 무덤 침대의 차가운 시트 아래 홀로 누워 있지 않도록 전 곧장 자살했습니다. 테레사는 저기 높은 곳에 있고, 저는 여기에 있습니다. 전 그녀를 떠나고 싶지 않았는데 하느님께서 우리를 갈라놓았습니다. 그럼 도대체 왜 우리를 지상에서는 맺어놓았나요? 그분이 질투한 거죠. 천국은 테레사가 그곳으로 올라갔던 날에는 틀림없이 더 아름다웠겠지요. 그녀가 보이십니까? 그녀는 행복하지만 슬퍼하고 있어요. 그녀에게는 제가 없거든요! 천국도 그녀에게서는 아마 황량할 것입니다.' 나는 나의 사랑을 생각하고 있었기 때문에 울면서 이렇게 말을 했어. '지배자님, 그가 오직 하느님만을 위한 천국을 희구하는 순간에는 천국이 오지 않을까요?' 시의 아버지는 동의의 표시로서 머리를 천천히 끄덕였어. 우리는 헤어져 공중을 헤쳐나갔지. 우리가 나무 그늘에 누워 있을 때면 우리의 머리 위로 가끔씩 지나가는 새들이 내는 소리보다더 조용한 소리로 말이야. 우리는 그 불행한 자가 신성 모독하는 것을 막으려고 그렇게 애썼지만 소용이 없었어. 악마들이 겪는 불행들 중의 하나는 그들이 빛에 에워싸여 있을 때에도 그 빛을 결코 보지 못한다는 것이지. 그자는 우리의 말을 이해할 수 없었을 거야."

그때 여러 마리 말의 빠른 발굽 소리가 침묵 속에서 울려 퍼졌으며, 개가 짖었고, 순경의 꾸짖는 듯한 목소리가 뒤따랐다. 기사들이 내려 문을 두드렸다. 그리고는 세찬 폭음같이 시끄러운 소리가 갑자기 터져올랐다. 추방된 두 사람, 두 시인은 높은 하늘에서 땅바닥으로 곤두박질했다. 엄청난 추락의 고통이 그들의 혈관 속에서 또 다른 피처럼 흘렀다. 그것도 휙휙 소리를 내면서, 그리고 살을 에는 듯이 날카롭게 찌르면서 흘렀다. 그들의 고통은 어떻게 보면 전기 충격과도 같았다. 어떤 병정의 무겁게 울리는 발소리가 계단에 울려퍼졌다. 그가 찬 칼과 흉갑과 박차에서 쇠 부딪치는 소리가 나고 있었다. 그리고 곧이어 병사 한 사람이 놀란 이방인 앞에 나타났다.

"우리는 피렌체로 되돌아갈 수 있습니다." 이탈리아말을 발음할 때는 그 목소리가 부드러워 보였던 그 사람이 말했다.

"자네 무슨 말을 하고 있는가?" 위대한 노인이 물었다.

"기벨린 당원들[8]이 승리를 거두고 있습니다!"

"잘못 알고 있는 것 아닌가?" 시인은 말을 이었다.

"아닙니다, 존경하는 단테 선생님!" 병사는 대답했다. 그의

---

8) 기벨린 당원은 제정의 지지자들로서 교황을 지지하는 겔프 당원에 대항하여 독일 황제를 옹호했다.

전사 같은 목소리는 전투의 전율과 승리의 기쁨을 표현하고 있었다.

"피렌체로! 피렌체로! 오, 나의 피렌체!" 단테 알리기에리는 격정적으로 외쳤다. 그는 발을 딛고 서서 공중으로 이탈리아를 보고 있는 것 같았다. 그러자 그는 거인같이 되었다.

"그러면 저는! 저는 언제쯤 하늘에 있게 될까요?" 고드프루아가 성소 앞의 천사처럼 불멸의 시인 앞에서 한쪽 무릎을 꿇고 물었다.

"피렌체로 가거라!" 단테는 자비로운 음성으로 말했다. "가거라! 네가 피에솔레의 높은 곳에서 사랑이 가득 담긴 그곳의 풍경을 보게 되면 넌 천국에 왔다고 생각할 것이다."

병사는 미소를 지었다. 처음으로, 아마도 유일하게 단테의 어둡고 무서운 얼굴이 기쁨에 넘쳤다. 그의 눈과 이마는 그가 「천국」에서 그토록 훌륭하게 아낌없이 묘사한 행복의 그림을 보여주고 있었다. 그는 아마도 베아트리체의 목소리를 듣고 있는 것 같았다. 그때 어떤 여인의 경쾌한 발소리와 드레스의 살랑거리는 소리가 정적 속에 울려퍼졌다. 그 순간 여명이 막 찾아들고 있었다. 아름다운 마오 백작부인이 들어와 고드프루아에게 달려갔다.

"자아, 애야, 내 아들아! 이제 네게 고백해도 된단다! 네 출생이 인정되었고, 네 권리는 프랑스 왕의 보호를 받게 되었단다. 이제 넌 이 어미의 마음속에서 천국을 발견하게 될 것이다."

"하느님 목소리를 알아보겠네요." 넋을 빼앗긴 아이가 외쳤
다.

그의 외치는 소리가 단테를 깨어나게 했다. 그는 백작부인
의 품에 안긴 청년을 바라보았다. 그는 그들에게 목례를 했
고, 그의 학우를 어머니의 품에 남겨주었다.

"떠납시다." 그는 우레 같은 목소리로 외쳤다. "겔프 당원
들을 죽여라!"

발자크의 극장에 오른 세 개의 작품

오노레 드 발자크(1799~1850)의 『인간 희극』은 3부로 구성되어 있다. 1부는 '풍속 연구'로, 그 안에는 「사생활 정경」 「지방 생활 정경」 「파리 생활 정경」 「정치 생활 정경」 「군대 생활 정경」 「전원 생활 정경」 등의 여섯 개의 시리즈가 들어 있고, 2부는 '철학적 연구'이며, 3부는 '분석적 연구'이다. 발자크는 현대적 소설 개념을 확립한 작가이다. 그는 자기 시대의 감정소설이나 괴기소설, 그리고 역사소설이나 철학소설 등 여러 소설 형식들을 쇄신함으로써 새로운 소설의 미학을 구축한다. 그는 또한 작품 속에서 문학의 총체를 재현하고자 하면서 모든 장르와 주제를 섭렵한다. 발자크 작품의 힘은 모든 것을 보고, 알고, 제시하려는 삼중의 욕망 속에 있다. 그는 자신의 세계관과 모든 학문적 인식을 소설 체계 안에 통합한다. 그는 과학과 철학, 종교 사상을 문학 속에 용해시키려고 한다.

　발자크는 주로 사랑에 대한 허구적 작품을 쓰는 사람이라는 느낌을 주는 '소설가'라는 호칭보다는 '역사가'나 '철학자,' 혹은 '시인'이라는 호칭을 자신에게 붙이기를 더 좋아한다. 그래서 그는 예술이나 사상 연구에 사용되는 용어들인 '구성' '연구' '역사' '광경' 등의 용어를 사용하여 자신의 작품을 지칭하곤 한다. 그는 총제목으로서의 『인간 희극』에 대해 말을 할 때에는 "……라는 제목의 내 작품" "전집" "……라는 제목의 나의 전집" "……라는 제목의 나의 위대한 작품"이라는 식으로 부름으로써, 자신이 창조적 재능에 의존하는 예술가나 건축가이기보다는 글쓰기라는 힘든 수작업에 많은 노력을 투자한 장인이나 건설자임을 강조한다.

　『인간 희극』에는 수많은 부류의 인간이 관객을 위하여 무대에 등장한다. 작가는 실제 생활에서 일어나는 일련의 사건들을 '정경'의 형태로 제시함으로써 독자로 하여금 무대 앞의 관객으로서 그 사건들에 참여하도록 유도한다. 따라서 발자크의 소설 개념에는 어떤 극적인 차원이 있다. 발자크의 '정경'은 운명이 형성되고 방향이 달라지며, 사랑과 돈, 성공과 실추, 그리고 죽음이 있는 인생의 중요한 에피소드를 의미한다. 발자크의 독창성은 그러한 중요한 에피소드들을 그 배경과 아울러 재현한 데 있다.

「사라진느」

「사라진느」는 '풍속 연구' 중 「파리 생활 정경」에 속하는 작품이다. 이 작품은 롤랑 바르트가 그의 저서 『S/Z』(1970)에서 이야기의 구조 분석 혹은 텍스트의 과학이라고 불릴 수 있는 독서법으로 정교하게 분석하여 소개함으로써 널리 알려지게 된 작품이다. 이 이야기는 두 부분으로 구성되어 있다. 전반부에서는 1830년대 파리의 한 화려한 살롱에서 아름다운 여인을 유혹하려 하고 있는 서술자가 거기에 나타난 어떤 백 세 노인의 신비스런 모습을 묘사하고 있고, 후반부에서는 서술자가 18세기 중반 로마에서 일어난 어떤 기이한 사건을 이야기하고 있다. 이 작품은 길이가 짧으면서도, 육십 년이 넘는 간격을 가진 두 이야기를 거의 같은 분량으로 병합하고 있다는 점에서 특이하다. 또한 이 작품의 인물들은 발자크의 다른 소설에 등장하는 인물들과는 달리 『인간 희극』의 다른 작품에 다시 나타나지 않는다. 말하자면 「사라진느」는 『인간 희극』 체계 안에 들어 있으면서도 그 안에서 고립된 작품이라는 특성을 지니고 있는 것이다.

우선 작품의 서술자는 랑티 백작부인이 주최한 야회를 환상적으로 이야기한다. 서술자는 살롱의 화려하고 빛나는 열기를 정원의 유령 같은 분위기와 대조함으로써 생과 사가 공존하는 비현실적 공간을 만들어낸다. 또한 서술자는 초두에 수수께끼와 같은 비밀을 제시함으로써 이야기에 긴장감을 조성한다. 야회에 참석한 사람들은 랑티 가족의 내력이나 재산의 근원, 그리고 기괴한 모습의 어떤 백 세 노인의 등장을 놓고 각자 나름대로 추측을 한다. 랑티 가족 모두는 무척 조심스럽게 노인을 보살핀다.

여기에서 서술자는 재능 있는 조각가 사라진느의 생애를 제시함으로써 이야기의 방향을 바꾼다. 사라진느의 이야기는 노인을 둘러싼 비밀을 밝혀주게 된다. 사라진느는 예술가로서의 소명에 이끌려 스물두 살의 나이에 이탈리아로 떠난다. 로마에 체류하는 동안 그는 잠비넬라라는 프리마 돈나의 미모와 미성에 반하여 그녀의 사랑을 얻으려고 한다. 그러나 여장을 한 남자 가수인 잠비넬라는 사라진느의 접근에 당황하여 그를 물리친다. 잠비넬라는 거세된 사내였던 것이다. 로마 교황령의 극장에서는 거세된 사내들만 여자의 역할을 할 수 있었다. 사라진느는 잠비넬라를 보호하고 있는 질투심 많은 치코냐라 추기경측으로부터 위협을 받는다. 사라진느의 사랑은 이중의 난관에 봉착한 것이다. 진상을 알게 된 사라진느는 잠비넬라를 납치해 죽이려고 하지만, 오히려 추기경의 하수인들로부터 칼침을 맞는다. 잠비넬라는 랑티 백작부인의 무도회에 나타난 바로 그 노인이고, 백작부인의 삼촌인 그 노인이 랑티 가족 재산의 근원이다.

발자크는 「루이 랑베르」에서처럼 이 작품에서도 그 자신의 개인적·심리적 체험을 도입하고 있다. 전반부 이야기의 서술자인 '나'처럼 발자크는 그 자신이 뛰어난 이야기꾼이고, 귀족적인 아름다움을 선호한다. 그리고 이 작품에 나오는 백 세 노인은 작가가 창작 활동 초기인 1822년에 발표한 「백 세 노인」의 인물과 유사점이 많다. 작가의 아버지 베르나르 프랑수아 발자크는 83세까지 장수하였고, 평소에도 장수의 비결에 대해 지대한 관심을 가지고 있었다. 또한 사라진느와 발자크의 유사성은 더욱 확연하다. 발자크와 마찬가지로 지방 부르주아 가문 출신인 사라진느는 종교 학교에서 제도 교육을 착실히 받도록 권유받지만, 홀로 공상에 잠기기를 좋아하는가 하면 경건한 시간에 외설스런 조각을 하는 등 말썽을 부리다가 학교에서 쫓겨난다. 그리고 그는 루이 랑베르나 라파엘 드 발랑탱 등 발자크의 또 다른 분신들과 마찬가지로 극장에서 극심한 정열의 요동을 느낀다. 또한 작품 속에서는 잠비넬라를 둘러싼 남성 동성애가 암시되어 있는

데, 발자크의 동성애 경향에 대해서는 많은 연구자들이 그 사실을 인정하고 있다.

「미지의 걸작」

「미지의 걸작」은 『인간 희극』의 2부인 '철학적 연구'에 속한다. 이 작품은 발자크의 소설 체계 내에서 「감바라」 「마시밀라 도니」와 함께 예술 창조에 대한 연구 삼부작을 이룬다. 이 작품들은 사고의 파괴적 힘이라고 하는 기본적인 명제가 예술 분야에서 어떻게 적용되는가 하는 것을 보여준다. 예술가가 지나치게 창조적 원칙을 강조하면 그로 인해 작품은 파괴된다는 것이다. 발자크에 의하면 사고는 반자연적인 것이고, 예술은 사고의 남용이기 때문이다. 「마시밀라 도니」와 「감바라」는 음악의 연주와 작곡의 경우를 보여주고, 「미지의 걸작」은 회화의 경우를 보여준다. 「미지의 걸작」의 줄거리는 푸생이라는 젊은 화가가 노대가인 프렌호퍼에게서 그림의 비밀을 배우는 대가로 자기의 애인 질레트를 그의 모델로 내준다는 것이다. 그러나 이 철학적 콩트의 보다 큰 흥미는 포르뷔스, 푸생, 프렌호퍼 등의 화가들을 통하여 예술가의 초상화를 제시하고, 예술에 대한 이론의 단편을 제안한 데 있다. 그렇기 때문에 우리는 이 작품에서 예술가에 대한 옹호의 정신도 읽을 수 있다.

예술의 완벽성을 추구하는 화가 프렌호퍼는 창조적 재능의 힘과 비판적 정신의 횡포 사이에서 이러지도 저러지도 못한다. 그에 의하면 "예술은 자연을 베끼는 것이 아니라, 표현해내는 것이다!" 데생보다는 색채에 우위를 두어야 한다는 것이 그의 확신이다. 프렌호퍼는 그의 걸작과 함께 산다. 그것은 한 여자의 초상화이다. 그는 자기의 아내와 마찬가지인 초상화의 여인이 다른 남자의 눈에 드러나면 더럽혀진다고 생각하여 누구에게도 그림을 보여주지 않는다. 그러나 자기 작품의 질에 대해 마지막 의혹을 품고 있는 그는 그것을 완벽한 모델, 이상적인 비너스와 비교해보려는 욕망에 사로잡힌다. 그는 아시아에 가면 그런 모델을 찾을 수 있을 것이라고 생각한다.

한편 혈기 왕성한 푸생은 프렌호퍼의 그림을 보면 예술의 진수가 드러나리라고 생각하고, 포르뷔스의 말을 따라 애인 질레트를 프렌호퍼에게 내주기로 한다. 질레트는 수치심 때문에 거절하다가 결국은 그 제안을 받아들이게 되고, 프렌호퍼의 걸작은 그 모습을 드러낸다. 그러나 프렌호퍼의 캔버스에는 여인의 발 한 쪽밖에 남아 있지 않다. 화가의 과도한 성찰이 오히려 그림을 망친 결과였다. 절대를 갈구한 프렌호퍼는 결국 그의 걸작을 서서히 파괴하고 말았던 것이다. 그는 그날 밤 자기의 그림을 불태워버리고 죽는다.

「미지의 걸작」에 대해 한 가지 더 언급해야 할 것은 이 작품이 발자크의 작품 체계 내에서는 철학적 콩트의 하나로 분류된다는 사실이다. 우리는 이 작품을 미학적 교리문답이나 예술철학으로 보려는 의도가 앞선 나머지 콩트라는 낱말의 의미를 간과해서는 안 된다. 이 작품의 줄거리는 사랑의 이야기에 의해 유지된다. 그리고 발자크 당대의 독자들은 이 작품의 환상적 측면이나 철학적 측면보다는 그러한 콩트적 양상에 더 주의를 기울였다. 작품 내에서는 연인의 시선이 화가의 시선으로 변화하고 있고, 그러한 변모로 인해 화가는 사랑을 잃는다. 푸생이 사랑을 잃는 것은 그가 질레트를 프렌호퍼의 모델로 내주기 때문인 것만은 아니고, 그 자신이 이미 그녀를 마음속에서 버린 때문이다. 그렇기 때문에 우리는 「미지의 걸작」을 사랑에 빠진 한 예술가가 마음속으로 겪는 갈등의 드라마로 읽을 수 있는 것이다. 푸생은 질레트를 잃음으로써만 카트린 레스코의 소유를 기대할 수 있다. 그러나 그는 카트린 레스코가 단지 하나의 환상에 불과할 수도 있다는 사실을 부인하지는 못한다.

「추방된 사람들」역시『인간 희극』의 2부인 '철학적 연구'에 속한다. 단테의 파리 체류 에피소드에서 끌어온 이 작품에서 작가는 종교 사상을 기독교 신비주의에 초점을 맞추어 이야기화하고 있다. 이 작품에는 역사적 소재와 환상적 요소가 잘 혼합되어 있다. 이 작품이 나온 1831년의 파리에서는 여러 정치적인 사건들이 많았고, 유배당한 사람들이나 추방당한 사람들에 대한 이야기가 세인의 관심을 크게 끌고 있었다. 이탈리아의 위대한 시인 단테가 파리로 시적 영감을 얻으러 왔다는 사실은 파리 사람들의 호기심이나 애국심을 자극하기에 좋은 소재였다. 문학적 차원에서 보면, 1831년초에는 빅토르 위고가『파리의 노트르담』이라는 역사소설을 출간하여 큰 성공을 거둔 바 있는데, 위고가 루이 11세 시대에 대해 경이의 이미지를 부여한 것과는 달리, 발자크는「추방된 사람들」에서 연약하고 가엾은 중세의 파리 이미지를 제시한다.

중세 때 파리의 순경인 조제프 티르셰르는 두 이방인을 하숙인으로 두고 있다. 세탁부인 그의 아내가 살림을 꾸리는 그의 집은 물질적 풍요로 가득 차 있어서, 두 이방인의 이상

주의와 대조를 이룬다. 조제프는 자기도 모르는 사이에 어떤 음흉한 마법의 공모자로 몰리게 될까 두려워한다. 그는 자기 집에 묵고 있는 두 하숙인을 마법사라고 의심한다. 거동이 수상해 보이는 그 사람들은 시지에 박사가 파리 대학에서 하는 신학 강연도 듣는다. 결국 이탈리아 기사들의 도착으로 인해 두 사람의 신분이 밝혀진다. 그 두 사람 중의 한 사람은 피렌체에서 추방된 단테이고, 또 한 사람인 고드프루아 청년은 신비주의자로서 스스로 하늘에서 추방되었다고 생각한다. 이 청년은 시의 창조물이다. 그는 천국을 되찾고자 하면서 자살을 시도한다. 이 이야기 속에서의 시지에와 단테, 그리고 고드프루아는 각각 과학 · 시 · 감정을 대표한다.

　이 작품의 흥미는 무척이나 단순한 그 줄거리에 있는 것이 아니고, 발자크가 시적으로 표현하고 있는 신비주의 교리에 있다. 작가는 이 교리를 훗날 「루이 랑베르」와 「세라피타」에서 다시 묘사하게 된다.

작가 연보

1799   5월 20일 투르에서 출생. 어머니 안 로르 살랑비에
          는 파리 구제원 관리부장의 딸이고, 아버지 베르나
          르 프랑수아 발사는 농민 출신으로 어머니보다 나이
          가 서른두 살 더 많으며 군납 분야에서 경력을 쌓
          음.

1807~1813 여덟 살의 나이에 방돔 학교의 기숙생으로 들
          어간 오노레는 모성애 결핍증에 빠짐. 1813년 정신
          적·육체적으로 쇠약해져 부모와 누이들 곁으로 돌
          아옴.

1813~1815 가족이 새로이 정착한 파리에서 중등 교육을
          마침.

1815~1819 법학 공부를 하면서 공증인 사무실에서 서기를
          함. 영혼의 불멸성에 대한 시론 작업.

1819~1820 공증인의 길을 포기. 부친의 승낙을 받아 레디
          기에르 가에 자리를 잡고 인간론, 비극「크롬웰」, 그

리고 역사소설「팔튀른」과 철학소설「스테니」를 씀.

1821~1822 상업 문학적 시도. 로르 룬, 오라스 드 생토뱅 등의 가명으로 소설을 씀. 로르 드 베르니 부인과 관계 맺음.「장 루이」「백 세 노인」「아르덴의 신부」 발표.

1823~1828 멜로드라마 시도. 인쇄업 시작. 1825년 누이 로르 사망. 다브랑테스 공작부인과 관계 맺음. 사업의 실패. 문학으로 돌아와 역사소설을 계획.

1829~1830 1829년「최후의 올빼미 당원 혹은 1800년의 부르타뉴」를 발자크라는 이름으로,「결혼 생리학」은 가명으로 발표. 1829년 부친 사망. 사교계와 문학계에 출입. 신문 잡지에 많은 콩트와 소설 발표. 1830년 4월『사생활 정경』출간.

1831 「도톨 가죽」과「철학적 콩트」로 유명 작가가 됨. 자유주의자였던 발자크는 1830년의 7월 혁명 이후 정치적 입장을 바꿔 샤를 10세 옹호파가 됨.「사라진느」「미지의 걸작」「추방된 사람들」발표.

1832 한스카 부인과 서신 교환 시작.

1833 작품 체계화의 첫 시도인「19세기 풍속 연구」계약. 한스카 부인과 9월에 처음으로 만남.『루이 랑베르』『시골 의사』『외제니 그랑데』출간.

1834 『철학적 연구』출간.『고리오 영감』『세자르 비로

토』 착수.

1835 『고리오 영감』 출간. 잡지에 「골짜기의 백합」 앞부분 발표.

1836 『골짜기의 백합』 때문에 『르뷔 드 파리』지와 소송에 들어감. 『골짜기의 백합』 출간. 최초의 일간지 연재소설인 「노처녀」를 「라 프레스」에 발표.

1837 이탈리아 여행. 「사회 연구」를 계획.

1838 저작권 옹호에 관심을 갖고 문인 협회에 창설 멤버로 참여. 『고미술실』 출간.

1839 문인협회장. 『이브의 딸』 출간. 『잃어버린 환상』 2부 출간.

1840 『인간 희극』이라는 전체 제목 등장. 하녀이자 정부인 브뤼놀 부인과 파시에 정착.

1841 전집 『인간 희극』 계약. 『위르쥘 미루에』 『마을 사제』 출간.

1842 한스키 씨의 사망으로 활기를 되찾고, 한스카 부인과 결혼하고자 함. 극작품의 실패. 『인간 희극』 간행 시작.

1843 한스카 부인을 8년 만에 다시 만남. 『지방의 뮤즈』 출간.

1844 건강 악화. 『잃어버린 환상』 완간. 「농민」 전반부 발표. 『창부들의 영광과 비참』 『수수한 미뇽』 출간.

1845~1846   한스카 부인과 유럽 여행. 부인이 임신하지 않
            은 것을 알고 실망.『인간 희극』16권 완간.「종매
            베트」를 연재.

1847   한스카 부인과 파리에서 만남. 브뤼놀 부인과 결별.
            처음으로 우크라이나의 한스카 부인 저택에 체류.
            「종형 퐁스」발표.

1848   혁명이 나자 다시 파리로 돌아옴.『가난한 친척』을
            『인간 희극』의 제17권으로 출간.

1849~1850   우크라이나에 체류. 병세 악화. 1850년 3월 14
            일 오랫동안 미루어온 결혼식을 올림. 부부는 5월에
            파리로 옴. 8월 18일 발자크 사망.

제1영역: 한국 문학선

제2영역: 외국 문학선

제5영역: 우리 시대의 지성